El león, la bruja y el armario

C.S. Lewis

Traducción de Salustiano Masó

Ilustraciones de Pauline Baynes

Santillana

Original Title:
The Lion, the Witch and the Wardrobe

First published by William Collinssons and Co., Ltd. in 1950.
First published in Spanish by Alfaguara in 1987.

© 1996 by Santillana Publishing Co., Inc.
2043 N.W. 87th Avenue, Miami, FL 33172

Printed in the United States.

ISBN: 84-204-4564-9

A Lucy Barfield

Mi querida Lucy:

Escribí este relato para ti, pero cuando lo empecé no había parado mientes en que las niñas crecen más aprisa que los libros. Como consecuencia, tú eres ya demasiado mayor para cuentos de hadas, y cuando quiera imprimirse y encuadernarse el libro serás mayor aún. Pero algún día tendrás edad suficiente para empezar a leer estos cuentos de nuevo. Llegado ese momento, alcanza el libro de algún elevado estante, desempólvalo y dime qué te parece. Probablemente yo estaré demasiado sordo para oír, y demasiado viejo para entender una palabra de lo que digas, pero seguiré siendo tu abuelo que te quiere,

C. S. LEWIS

ÍNDICE

Capítulo I

LUCY MIRA EN UN ARMARIO

Había una vez cuatro niños que se llamaban Peter, Susan, Edmund y Lucy. Esta es la historia de lo que les sucedió cuando los evacuaron de Londres durante la guerra a causa de los bombardeos aéreos. Los enviaron a casa de un viejo profesor que vivía en un lugar muy apartado de provincias, a quince kilómetros de la estación de ferrocarril más próxima y a tres de la estafeta de correos más cercana. El profesor no tenía esposa, y vivía en una casa muy grande con una ama de llaves llamada señora Macready y tres criadas. (Sus nombres eran Ivy, Margaret y Betty, pero no intervienen mucho en los sucesos que aquí se relatan). Por lo que al profesor se refiere, era un hombre muy anciano con enredada pelambrera blanca que le cubría la mayor parte de la cara, además de la cabeza, y a los niños les cayó bien casi enseguida; pero la primera tarde, cuando salió a recibirlos a la puerta principal, presentaba un aspecto tan estrafalario que Lucy (la más pequeña) se asustó un poco de él, y a Edmund (el que la seguía en edad) le entraron ganas de reír y tuvo que fingir que se sonaba la nariz para disimularlo.

Aquella primera noche, cuando hubieron dado las buenas noches al profesor y subido a sus cuartos a acostarse, los chicos entraron en el de las chicas y hablaron de su situación.

—Hemos caído de pie, os lo aseguro yo —dijo Peter—. Esto va a ser una bicoca. Ese vejete nos va a dejar hacer lo que queramos.

—A mí el viejo me parece un encanto —dijo Susan.

—¡Venga, dejadlo ya! —dijo Edmund, que estaba cansado y quería hacer ver que no lo estaba, lo cual siempre le ponía de mal humor—. No sigáis hablando de esa manera.

—¿De qué manera? —dijo Susan—; y de todos modos, ya es hora de que estéis en la cama.

—Ahora se pone a hablar como mamá —dijo Edmund—. ¿Y quién eres tú para decir cuándo me tengo que acostar? Acuéstate tú.

—¿Y no será mejor que nos acostemos todos? —dijo Lucy—. Si nos oyen aquí de cháchara, seguro que nos la ganamos.

—Qué va —dijo Peter—. Os digo que ésta es de esas casas donde a nadie le va a importar lo que hacemos. Y de todas maneras no nos van a oír. De aquí a ese comedor de ahí abajo hay lo menos diez minutos de camino y un montón de escaleras y pasillos entre medias.

—¿Qué ruido es ése? —inquirió de pronto Lucy. Era una casa mucho mayor que cualquiera de las que había conocido y habitado hasta entonces, y la verdad, pensar en todos aquellos largos pasillos e hileras de puertas que daban acceso a cuartos vacíos estaba empezando a ponerle un poquito la carne de gallina.

—Es un pájaro, boba —dijo Edmund.

—Una lechuza —puntualizó Peter—. Este va a ser un sitio estupendo de pájaros. Ahora me voy a la cama. Mañana saldremos y exploraremos, ¿eh? En un sitio como éste se puede encontrar de todo. ¿Habéis visto las montañas según veníamos? ¿Y los bosques? A lo mejor hay águilas. Y ciervos. Y halcones.

—¡Tejones! —dijo Lucy.

—¡Zorros! —dijo Edmund.

—¡Conejos! —dijo Lucy.

Pero a la mañana siguiente caía una lluvia pertinaz, tan espesa que cuando uno miraba por la ventana no se veían ni las montañas ni los bosques, ni siquiera el riachuelo que corría por el jardín.

—¡Desde luego, tenía que llover! —exclamó Edmund. Acababan de desayunar con el profesor y estaban arriba en el cuarto que se les había destinado: una habitación alargada y baja de techo con dos ventanas en una dirección y dos en otra.

—Deja de lamentarte, Ed —dijo Susan—. Diez contra uno a que aclara en una hora o dos. Y entretanto estamos aquí bastante a gusto. Hay una radio y muchos libros.

—No para mí —dijo Peter—; yo voy a explorar la casa.

Todos se mostraron de acuerdo con esto, y así fue como empezaron las aventuras. Era de esas casas de las que parece que no se les va ver nunca el fin y estaba llena de rincones insospechados. Las primeras puertas que probaron a abrir daban paso a dormitorios de reserva, como cualquiera habría podido esperar; pero pronto dieron con una estancia muy larga llena de cuadros, y en ella descubrieron una armadura completa; después había una sala toda tapizada de verde, con un arpa en un rincón; luego se bajaban tres escalones y se subían otros cinco, con lo que se llegaba a una especie de saloncito alto y a una puerta que daba a un balcón corrido, y luego a toda una serie de habitaciones que se comunicaban entre sí y estaban llenas de estanterías con libros: la mayor parte eran libros muy antiguos y algunos de ellos más voluminosos que una Biblia de las que hay en las iglesias. Y poco después se asomaban a un cuarto que se hallaba totalmente vacío, con excepción de un enorme armario; uno de esos armarios con espejos en las puertas que se llaman armarios de luna. No había nada más en el cuarto, salvo un anciano marchito en la repisa de la ventana.

—¡Aquí, nada! —dijo Peter, y salieron todos de nuevo en tropel.

Todos menos Lucy. Lucy se quedó rezagada porque pensó que tal vez valiera la pena intentar abrir la puerta del armario, aun cuando estaba casi segura de que se hallaría cerrada con llave. Para su sorpresa, se abrió con la mayor facilidad, y cayeron rodando dos bolas de alcanfor.

Miró en su interior y vio varios abrigos colgados: largos abrigos de pieles casi todos ellos. Nada deleitaba tanto a Lucy como el olor y el contacto de la piel. Inmediatamente se metió dentro del armario, se deslizó entre los abrigos y se frotó la cara con ellos, dejando la puerta abierta, desde luego, porque sabía que es una gran insensatez encerrarse en un armario. Luego se internó un poco más y descubrió que había una segunda fila de abrigos colgados detrás de la primera. Allá dentro la oscuridad era casi completa, y Lucy andaba con los brazos extendidos hacia delante para no darse de narices contra el fondo del armario. Avanzó un paso más... luego otros dos o tres... esperando siempre tocar la madera con la punta de los dedos. Pero no palpaba madera alguna.

«¡Debe de ser un armario enorme!», pensó Lucy. Y se internó un poquito más, apartando a un lado y a otro los pliegues blandos y suaves de los abrigos para hacerse sitio. Entonces notó que había algo que crujía bajo sus pies. «¿Serán más bolas de alcanfor?», pensó, agachándose para tentar con las manos. Pero en vez de palpar la dura y lisa madera del suelo del armario, sintió algo blando y desmoronadizo y extraordinariamente frío. «Esto es rarísimo», se dijo, y avanzó un paso o dos más.

Un momento después comprobó que lo que le rozaba la cara y las manos no era ya suavidad de pieles, sino algo duro y áspero y hasta punzante.

—¡Cómo, pero si es igualito que ramas de árboles! —exclamó Lucy.

Y entonces vio que delante de ella había una luz; no a unos centímetros, donde debería haberse encontrado el fondo del armario, sino a bastante distancia. Algo frío y blando caía sobre ella. Un momento más tarde descubrió que se hallaba en medio de un bosque, de noche, con nieve bajo los pies y copos que descendían por el aire.

Lucy se sintió un poco asustada, pero también muy excitada y llena de curiosidad. Miró hacia atrás por encima del hombro, y allí, entre los oscuros troncos de los árboles, aún alcanzó la habitación desamueblada de donde había partido. (Había dejado la puerta abierta, naturalmente, porque sabía que es una insensatez muy grande encerrarse en un armario.) Allí, aún parecía reinar la luz del día. «Siempre podré volver atrás si se ponen mal las cosas», pensó Lucy. Y echó a andar hacia adelante, *crunch-crunch,* sobre la nieve y a través del bosque, hacia la otra luz.

En cosa de unos diez minutos, llegó a ella y descubrió que se trataba de una farola. Estaba allí parada mirándola, preguntándose por qué había una farola en mitad del bosque y qué iba a hacer a continuación, cuando oyó un repiqueteo de pasos que se dirigían hacia ella. Y un momento después salía de entre los árboles un personaje la mar de extraño, haciéndose perfectamente visible a la luz de la farola.

Era sólo un poco más alto que la propia Lucy y llevaba sobre la cabeza un paraguas todo blanco de nieve. De la cintura para arriba era igual que un hombre, pero sus piernas tenían la misma forma que las de las cabras (el pelo que las cubría era de un negro lustroso) y, en vez de pies, tenía pezuñas. También tenía rabo, pero esto Lucy no lo notó al principio, porque lo llevaba muy bien recogidito en el brazo que sostenía el paraguas a fin de evitar que arrastrara por la nieve. Se tapaba el cuello con una bufanda de lana colorada, y su tez era también un tanto rojiza. Tenía una carita extraña, pero simpática y graciosa, con barba corta y puntiaguda y pelo rizado, de entre el cual salían dos cuernos, uno a cada lado de la frente. Una de sus manos, como he dicho, sostenía el paraguas, y en el otro brazo llevaba varios paquetes con envoltura de papel de estraza. Con estos paquetes y la nieve parecía exactamente como si viniera de hacer sus compras de Navidad. Era un fauno. Y cuando vio a Lucy se llevó tal sobresalto que dejó caer todos sus paquetes al suelo.

—¡Dios me valga! —exclamó el fauno.

Capítulo II

LO QUE LUCY DESCUBRIÓ ALLÍ

—Buenas noches —dijo Lucy. Pero el Fauno estaba tan atareado recogiendo sus paquetes del suelo que en un primer momento no respondió.

—Buenas noches, buenas noches —dijo el Fauno—. Discúlpame... no quisiera ser indiscreto... pero ¿estoy en lo cierto si supongo que tú eres una hija de Eva?

—Me llamo Lucy —contestó la niña, sin entenderle en absoluto.

—Pero tú eres... perdóname... ¿tú eres lo que llaman una niña? —preguntó el Fauno.

—Pues claro que soy una niña —repuso Lucy.

—¿Lo cual quiere decir que eres Humana?

—Pues claro que soy humana —dijo Lucy, todavía un poco desconcertada.

—Desde luego, desde luego —dijo el Fauno—. ¡Qué necio soy! Pero es que no había visto en mi vida a una hija de Eva o a un hijo de Adán. Estoy encantado. Es decir... —y se interrumpió como si hubiese ido a decir algo inconveniente pero se hubiera dado cuenta a tiempo—. Encantado, encantado —prosiguió—. Permíteme que me presente. Me llamo Tumnus.

—Encantado de conocerle, señor Tumnus —dijo Lucy.

—¿Y puedo preguntar, oh, Lucy hija de Eva —dijo el señor Tumnus—, cómo has entrado en Narnia?

—¿Narnia? ¿Qué es eso? —inquirió Lucy.

—Este es el país de Narnia —dijo el Fauno—, donde ahora estamos: todo lo que se extiende entre la farola y el gran castillo de Cair Paravel, en el mar oriental. Y tú... ¿tú vienes de los bosques vírgenes del oeste?

—Yo... yo entré por el armario que está en el cuarto vacío —dijo Lucy.

—¡Ah! —exclamó el señor Tumnus, con voz un tanto melancólica—, si me hubiera aplicado más en geografía de pequeño, cuando era un Fauno niño, sin duda sabría cuanto hay que saber sobre esos extraños países. Ahora es ya demasiado tarde.

—Pero si no son países ni muchísimo menos —dijo Lucy, casi con risa—. Si es allí mismo, allí atrás... o al menos... no estoy segura. Allí es verano.

—En cambio —dijo el señor Tumnus—, en Narnia es invierno, y siempre lo ha sido, y vamos a coger frío los dos aquí parados de charla en mitad de la nieve. Hija de Eva del lejano país de Uarto Vacío, donde reina el eterno verano en torno a la espléndida ciudad de Ar Mario, ¿qué tal si te vinieras a merendar conmigo?

—Muchísimas gracias, señor Tumnus —dijo Lucy—. Pero me preguntaba si no me valdría más regresar.

—Si es ahí mismo, a la vuelta de la esquina —dijo el Fauno—, y habrá un fuego crepitante... y tostadas... y sardinas... y bizcochos.

—Bueno, es usted muy amable —dijo Lucy—. Pero no podré quedarme mucho rato.

—Si te coges de mi brazo, hija de Eva —dijo el señor Tumnus—, me las arreglaré para que el paraguas nos cubra a los dos. Ese es el camino. Vamos... andando.

Y así se encontró Lucy caminando por el

bosque del brazo de aquella extraña criatura, como si se conociesen los dos de toda la vida.

No habían andado mucho cuando llegaron a un lugar donde el terreno se hacía más abrupto y había peñascos todo alrededor y pequeños cerros arriba y abajo. Al fondo de una cañada el señor Tumnus se volvió súbitamente a un lado, como si fuera a introducirse derecho en una roca de descomunal tamaño, pero en el último momento Lucy advirtió que la conducía por la entrada de una caverna. En cuanto estuvieron dentro, se encontró parpadeando ante el resplandor de un fuego de leña. Luego el señor Tumnus se agachó, sacó del fuego un tizón llameante con unas tenacitas primorosas y encendió una lámpara.

—No os entretendremos mucho tiempo, ya verás —dijo, y acto seguido puso una marmita en el fuego.

Lucy pensó que jamás en su vida había estado en un sitio tan lindo como aquél. Era una cueva de piedra rojiza, pequeña, seca y limpia, con una alfombra en el suelo, y dos sillitas («una para mí y otra para la compañía», dijo el señor Tumnus, y en una pared, una estantería llena de libros. Lucy curioseó estos libros mientras su anfitrión ponía la mesa para la merienda. Tenían títulos como *Vida y cartas de Sileno,* o *Las ninfas y sus costumbres,* o *De hombres, frailes y guardabosques: Estudio sobre una leyenda popular,* o *¿Es el hombre un mito?*

—¡Vamos, hija de Eva! —dijo el Fauno.

Y la verdad que fue una merienda portentosa. Había un apetitoso huevo moreno, pasado por agua, para cada uno, y además un bizcocho con baño de azúcar. Y cuando Lucy se cansó de comer,

el Fauno se puso a hablar. Sabía historias maravillosas de la vida en el bosque. Habló de las danzas de media noche, y refirió cómo las Ninfas que moraban en las fuentes y las Dríadas que habitaban en los árboles salían a danzar con los Faunos; habló de las largas partidas de caza tras el ciervo blanco como la leche, que poseía el don de satisfacer los deseos del que lo atrapara; de los festines y la búsqueda de tesoros con los ariscos Gnomos Encarnados, por minas y cavernas a grandes profundidades bajo el suelo del bosque; y habló también del verano, cuando los bosques estaban verdes y el viejo Sileno venía a visitarlos montado en su bien cebado jumento, y algunas veces el propio

Baco, y entonces por ríos y arroyos corría vino en vez de agua, y el bosque entero se entregaba al júbilo y a la buena vida durante semanas y más semanas.

—No siempre ha sido invierno perpetuo como ahora —añadió con tristeza. Luego, para alegrarla, sacó de su estuche, que estaba sobre el aparador, una especie de caramillo, con toda la apariencia de estar hecho de cañas, y se puso a tocar. Y la melodía que interpretó hizo que a Lucy le dieran ganas de llorar y reír y bailar y dormirse, todo al mismo tiempo. Debían de haber transcurrido horas cuando al fin volvió a la realidad y dijo:

—¡Oh, señor Tumnus... siento muchísimo

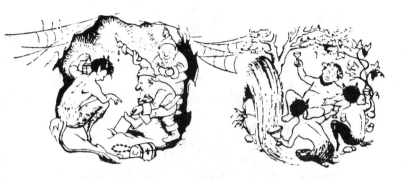

interrumpirle, y la verdad es que esa música me
encanta... pero es que tengo que irme a casa, de
veras! Sólo pensaba quedarme unos minutos.

—Ahora ya es inútil, ¿sabes? —dijo el Fauno, dejando la flauta y moviendo a un lado y a otro
la cabeza con mucha pena.

—¿Inútil? —preguntó Lucy, levantándose de
un brinco, bastante asustada—. ¿Qué quiere usted
decir? Tengo que volver a casa enseguida. Los otros
estarán preguntándose qué me ha pasado. —Pero
un momento después, inquiría—: ¡Señor Tumnus!
¿Qué sucede!

Pues los ojos castaños del Fauno se habían
llenado de lágrimas, y a poco las lágrimas empezaron a deslizarse por sus mejillas, y pronto goteaban
de la punta de su nariz, y finalmente se cubrió la
cara con las manos y se puso a llorar a moco tendido.

—¡Señor Tumnus! ¡Señor Tumnus! —exclamó Lucy, angustiadísima—. ¡No llore! ¡No llore!
¿Qué ocurre? ¿No se encuentra bien? Señor Tumnus, amigo, por favor, dígame lo que le pasa.

Pero el Fauno continuó sollozando como si
fuera a partírsele el corazón. Y ni siquiera cuando
Lucy se le acercó y le abrazó y le tendió su pañuelo
dejó de sollozar el Fauno. Simplemente tomó el
pañuelo que se le ofrecía e hizo uso del mismo,
empapándolo y retorciéndolo con ambas manos

una y otra vez para escurrirlo, hasta que al poco rato Lucy se hallaba en medio de un charco.

—¡Señor Tumnus! —le chilló Lucy al oído, zarandeándole—. Pare ya. ¡Pare enseguida! Debería darle vergüenza, un Fauno tan mayor como usted. ¿Se puede saber por qué llora de esa manera?

—¡Ay... ay... ay! —sollozó el señor Tumnus—, lloro porque soy un Fauno tan malo, tan malo...

—Yo no creo que sea usted un Fauno malo ni muchísimo menos —dijo Lucy—. Creo que es usted un Fauno buenísimo. El Fauno más amable y simpático que he visto en mi vida.

—¡Ay... ay... no dirías eso si supieras —respondió el señor Tumnus entre sus hipos y sollozos—. No; soy un Fauno malo. No creo que haya existido un Fauno peor que yo desde el principio del mundo.

—¿Pero qué ha hecho? —preguntó Lucy.

—Mi anciano padre —dijo el señor Tumnus—, mírale: ése de encima de la chimenea es su retrato. El jamás hubiera hecho una cosa como ésta.

—¿Una cosa como qué? —dijo Lucy.

—Como lo que he hecho yo —repuso el Fauno—. Alistarme al servicio de la Bruja Blanca.

Eso es lo que soy. Un servidor a sueldo de la Bruja Blanca.

—¿La Bruja Blanca? ¿Qué bruja es ésa?

—Toma, pues la que tiene a toda Narnia bajo su férula. Ella es la que hace que sea siempre invierno. Siempre invierno y nunca Navidad... ¡Figúrate lo que es eso!

—¡Qué espanto! —exclamó Lucy—. Pero a usted, ¿para qué le paga?

—Eso es lo peor de todo —dijo el señor Tumnus con un profundo lamento—. Soy un secuestrador a su servicio, eso es lo que soy. Mírame bien, hija de Eva. ¿Creerías que soy la especie de Fauno que se encuentra a una pobre niña inocente en el bosque, una criatura que jamás le ha hecho ningún daño, y finge hacer amistad con ella, y la invita a merendar a su cueva, todo con el fin de dormirla y entregársela a la Bruja Blanca?

—No —dijo Lucy—. Estoy segura de que usted no haría nada semejante.

—Pues lo he hecho —dijo el Fauno.

—Bueno —dijo Lucy con cierta pausa (pues quería ser sincera, pero no demasiado dura con él)—, bueno, eso ha estado bastante mal. Pero le apena tanto haberlo hecho, por lo que veo, que estoy segura de que no lo volverá a hacer.

—Hija de Eva, ¿es que no lo entiendes? —dijo el Fauno—. No se trata de algo que he hecho en otro momento, sino que lo estoy haciendo ahora, en este momento mismo.

—¿Qué quiere usted decir? —inquirió Lucy, poniéndose muy pálida.

—La niña eres tú —dijo Tumnus—. Tenía órdenes de la Bruja Blanca que si alguna vez veía en el bosque un hijo de Adán o una hija de Eva lo atrapara y se lo entregara. Y tú eres la primera que he encontrado. Y he fingido hacer amistad contigo e invitarte a merendar, mientras que en todo momento mi propósito era esperar a que estuvieses dormida y entonces ir y comunicárselo a Ella.

—¡Oh, pero usted no hará eso, señor Tumnus! —dijo Lucy—. No lo hará, ¿verdad que no? No debe hacerlo, no debe hacerlo.

—Y aunque yo no lo haga —dijo él, echándose a llorar de nuevo—, ella lo descubrirá con toda seguridad. Y mandará que me corten el rabo, y me arranquen la barba, y agitará su vara mágica sobre mis bonitas pezuñas hendidas convirtiéndolas en horrendos cascos macizos como los de un jamelgo. Y si su enfurecimiento es extraordinario y especial, me convertirá en piedra y ya no seré más que la estatua de un Fauno en su horrible mansión hasta que los cuatro tronos de Cair Paravel estén ocupados... y Dios sabe cuándo será eso, o si alguna vez sucederá tan siquiera.

—Lo siento muchísimo, señor Tumnus —dijo Lucy—. Pero déjeme volver a casa, por favor.

—Desde luego que sí —dijo el Fauno—. Eso es lo que he de hacer, desde luego. Ahora lo veo claro. Antes de conocerte a ti, no sabía cómo eran los Humanos. Desde luego que no puedo entregarte a la Bruja, ahora que te conozco. Pero debemos salir de aquí inmediatamente. Te acompañaré hasta la farola. Supongo que desde allí sabrás encontrar el camino de vuelta a Uarto Vacío y Ar Mario, ¿no?

—Sí, estoy segura de que lo encontraré.

—Tenemos que ir con el mayor sigilo que podamos —dijo el señorTumnus—. El bosque entero está lleno de espías suyos. Hasta algunos árboles están de su lado.

Levantáronse ambos, dejando las cosas de la merienda sobre la mesa; una vez más, el señor Tumnus abrió su paraguas y dio el brazo a Lucy, y salieron juntos a la nieve. El viaje de regreso no fue ni muchísimo menos como el de antes hasta la cueva del Fauno; se deslizaron con toda la rapidez que pudieron, sin hablar palabra, y el señor Tumnus buscaba el amparo de los pasajes más oscuros.

Lucy experimentó un gran alivio cuando llegaron junto a la farola de nuevo.

—¿Conoces ya el camino desde aquí, hija de Eva? —preguntó Tumnus.

Aguzó Lucy la vista entre los árboles y alcanzó a distinguir en la distancia un rodal de luz que tenía todos los visos de la luz del día.

—Sí, —respondió—, veo la puerta del armario.

—Pues corre para casa lo más rápido que puedas —dijo el Fauno—, y... ¿m... me perdonarás por lo que intentaba hacerte?

—Claro que le perdono —dijo Lucy, estrechándole la mano con efusión—. Y espero que no se vea en apuros muy graves por mi causa.

—Adiós, hija de Eva. ¿Puedo quedarme con el pañuelo?

—¡No faltaba más! —dijo Lucy, y echó a correr hacia el distante recuadro de luz del día con la mayor velocidad que eran capaces de desarrollar sus piernas. Así, muy poco después, en vez de ásperas ramas que la rozaban al pasar, sintió un contacto de abrigos, y en lugar de nieve crujiente bajo los pies, notó la lisura de la madera, para encon-

trarse enseguida saltando del armario al mismo
cuarto vacío desde el que toda su aventura había
comenzado. Cerró firmemente tras ella la puerta del
armario y echó una mirada alrededor, toda sofo-
cada y jadeante. Continuaba lloviendo, y alcanzó a
oír las voces de los otros en el pasillo.

—¡Estoy aquí! —gritó—. Estoy aquí. He
vuelto, no me ha pasado nada.

Capítulo III

EDMUND Y EL ARMARIO

Lucy salió corriendo del cuarto vacío y encontró en el pasillo a los otros tres.

—No ha pasado nada —repitió—. He vuelto.

—¿Se puede saber de qué estás hablando, Lucy? —preguntó Susan.

—¿Cómo? —dijo Lucy con asombro—, ¿es que no os habéis preguntado dónde me había metido?

—Conque te habías escondido, ¿eh? —dijo Peter—. ¡Pobrecita Lu, que se esconde y nadie se entera! Tienes que estar escondida más tiempo si quieres que se pongan a buscarte.

—Pero si he estado horas y horas —dijo Lucy.

Los otros se miraron perplejos.

—¡Chiflada! —dijo Edmund, llevándose el dedo a la sien—. Totalmente chiflada.

—¿Qué quieres decir, Lu? —preguntó Peter.

—Pues lo que digo —respondió Lucy—. Acabábamos de desayunar cuando entré en el armario, y he andado por ahí horas y horas, y merendado, y han sucedido la mar de cosas.

—Déjate de bobadas, Lucy —dijo Susan—. Si acabamos de salir de ese cuarto hace un momento, y tú estabas allí.

—No son bobadas lo que dice, ni mucho

menos —intervino Peter—, sencillamente se está inventando una historia para divertirnos, ¿verdad, Lu? ¿Y por qué no?

—No, Peter, nada de eso —dijo ella—. Ese es... es un armario mágico. Dentro de él hay un bosque, y un Fauno, y una Bruja, y se llama Narnia. Venid y lo veréis.

Los otros no sabían qué pensar, pero Lucy estaba tan enardecida que volvieron todos con ella al cuarto vacío. Se adelantó precipitadamente, abrió de golpe la puerta del armario y gritó:

—¡Vamos! Entrad y vedlo vosotros mismos.

—¡Pero cuidado que eres mema! —dijo Susan, introduciendo la cabeza y apartando los abrigos de pieles—, no es más que un armario como otro cualquiera... ¡Mira!, ahí está el fondo.

Entonces se asomaron todos dentro y apartaron los abrigos. Y todos vieron —Lucy misma pudo ver— un armario de lo más corriente y vulgar. Allí no había ni bosque ni nieve, sólo el fondo del armario, con sus perchas correspondientes. Peter entró y golpeó dicho fondo con los nudillos para cerciorarse de que era sólido.

—Bonita broma, Lu —dijo cuando salió—; nos habías embaucado, tengo que admitirlo. Empezábamos a creerte.

—Pero es que no era una broma en absoluto —dijo Lucy—, os lo aseguro de veras. Hace un momento era todo distinto. Francamente. Lo juro.

—Venga, Lu —dijo Peter—, eso es llevar las cosas un poquito lejos. Nos has gastado tu inocentada. ¿No será mejor que lo dejes ya?

Lucy se puso muy colorada e intentó decir algo, aunque apenas tenía noción de lo que pretendía decir, y prorrumpió en llanto.

Los días inmediatos anduvo muy compungida. Podría haberse reconciliado con los demás muy fácilmente en cualquier momento si se hubiera avenido a decir que todo el asunto no fue más que una historia inventada para divertirse. Pero Lucy era una niña muy veraz y sabía que se hallaba realmente en lo cierto, y no se avenía a decir tal cosa. Los otros, que pensaban que les quería meter un embuste, y un embuste bien tonto además, le hacían la vida imposible. Los dos mayores, sin mala intención, por supuesto, pero Edmund sabía mostrarse a veces desdeñoso y mordaz, y en esta ocasión no escatimó recursos. Hostigaba a Lucy con burlas y sarcasmos, y a cada paso le preguntaba si había descubierto nuevos países en otros armarios de la casa. Y lo que empeoraba la situación es que aquellos días deberían haber sido deliciosos. Hacía un tiempo espléndido, y pasaban fuera de casa de la mañana a la noche, bañándose, pescando, subiéndose a los árboles y tumbándose en el monte, entre los brezos. Pero Lucy no disfrutaba plenamente con nada de ello. Y así siguieron más o menos las cosas hasta que amaneció un nuevo día de lluvia.

Ese día, cuando llegó la tarde y el tiempo seguía sin dar muestra de que fuera a escampar, decidieron jugar al escondite. A Susan le tocó «quedarse», y en cuanto los otros se dispersaron para esconderse, Lucy se dirigió al cuarto donde estaba el armario. No llevaba intención de ocultarse en él, pues sabía que eso sólo serviría para que los demás se pusieran a hablar otra vez de todo el malhadado asunto. Pero lo cierto es que le entraron ganas de echar otra miradita allá adentro, ya que para entonces estaba empezando a dudar ella misma, preguntándose si todo aquello de Narnia y el Fauno no habría sido un sueño. La casa era tan grande y complicada y llena de sitios donde esconderse que pensó que le daría tiempo de echar un vistazo al interior del armario y ocultarse luego en cualquier otro lugar. Pero no había hecho más que llegar junto al mismo cuando oyó pasos fuera, en el corredor, y ya no le quedó otro remedio que meterse en el armario, aun cuando no se trate de un armario mágico.

Los pasos que había oído resultaron ser

los de Edmund, que entró en el cuarto justo a tiempo de ver a Lucy desaparecer en el interior del armario. Inmediatamente decidió meterse también él, no porque lo estimara un escondrijo insuperable, sino porque quería seguir mortificando a su hermana acerca de su país imaginario. Abrió la puerta. Allí estaban los abrigos colgados como de costumbre, y había el consabido olor a alcanfor, y oscuridad y silencio, y ni rastro de Lucy.

—Se cree que soy Susan que viene a atraparla —se dijo Edmund—, y por eso se está tan calladita ahí en el fondo.

Se introdujo de un salto y cerró la puerta, olvidando qué tontería tan grande es el hacer tal cosa. Luego se puso a tantear a un lado y a otro en la oscuridad, buscando a Lucy. Esperaba encontrarla en pocos segundos y le sorprendió considerablemente no conseguirlo. Decidió abrir de nuevo la puerta y dejar entrar un poco de luz. Pero no encontraba la puerta tampoco. Esto no le gustó nada en absoluto y se puso a tantear a oscuras en todas direcciones, como un desesperado. Incluso llegó a dar voces:

—¡Lucy! ¡Lu! ¿Dónde estás? Sé que estás aquí.

No obtuvo respuesta, y Edmund notó que su

propia voz tenía un son curioso, no el que cabe esperar que tenga dentro de un armario, sino una resonancia como la que suele adquirir al aire libre. También notó que, insospechadamente, tenía frío.

—Gracias a Dios —dijo Edmund—, la puerta debe de haberse abierto ella sola.

Se olvidó por completo de Lucy y se dirigió hacia la luz, que él creía la puerta abierta del armario. Pero en vez de encontrarse saliendo del armario al cuarto vacío, vio que de donde salía era de la sombra de una tupida espesura de abetos a un claro en medio de un bosque.

Bajo sus pies había nieve, dura y crujiente, y también la había sobre las ramas de los árboles. Allá arriba mostrábase un cielo azul pálido, el tono de cielo que suele verse en un día despejado de invierno por la mañana. Frente a él, entre los troncos, distinguió el sol, que salía en ese momento, muy rojo y diáfano. Todo se hallaba en perfecto silencio, como si él fuera el único ser viviente en aquel país. Ni siquiera una ardilla o un petirrojo entre los árboles, y el bosque se extendía en todas direcciones hasta donde alcanzaba la vista. Tiritaba de frío.

Recordó entonces que estaba buscando a Lucy, y también lo antipático que había estado con ella respecto a su «país imaginario», que ahora resultaba no haber sido imaginario en absoluto.

Pensó que ella debía de andar por allí cerca, conque gritó:

—¡Lucy! ¡Lucy! Estoy aquí... Edmund.

No hubo respuesta.

«Está enfadada por todas las cosas que le he dicho últimamente», pensó Edmund. Y aunque no le gustaba mucho tener que admitir que se había equivocado, tampoco le agradaba demasiado encontrarse solo en aquel extraño paraje, silencioso y frío. De modo que gritó de nuevo:

—¡Escucha, Lu! Siento mucho no haberte creído. Ahora ya veo que tenías razón en todo. Sal. Hagamos las paces.

Tampoco esta vez hubo respuesta.

—Como todas las chicas —se dijo Edmund—; andará por ahí enfurruñada y no aceptará disculpas.

Echó otra mirada a su alrededor, sacando en conclusión que no le gustaba mucho aquel sitio, y estaba ya casi resuelto a volver para casa cuando, en la lejanía del bosque, oyó un son de cascabeles. Prestó atención y percibió que el son se acercaba más y más, hasta que al cabo se presentó a la vista, raudo e impetuoso, un trineo tirado por dos renos.

Los renos eran más o menos del tamaño de poneys de Shetland, y su pelaje era tan blanco que, comparada con ellos, hasta la propia nieve desmerecía en blancura. Sus ramosas cornamentas eran doradas, y cuando les daba el sol resplandecían como llamas. Sus aparejos, de cuero escarlata, se hallaban totalmente revestidos de cascabeles. En el trineo, conduciendo los renos, venía sentado un enano gordinflón que, de haber estado de pie, no alcanzaría apenas un metro de estatura. Se abrigaba con una piel de oso polar y se tocaba la cabeza con una capucha encarnada de cuya punta pendía una larga bola de oro. Su enorme barba le cubría las rodillas y hacía para él las veces de manta de viaje. Pero detrás de este enano, en un asiento mucho más elevado, venía sentado un personaje

muy diferente: era una gran dama, de talla muy
superior a la de cuantas mujeres había visto Edmund hasta entonces. También ella se cubría de pieles blancas hasta el cuello; sostenía una larga vara
dorada en la mano derecha y llevaba a la cabeza
una corona igualmente dorada. Su rostro era blanco. No ya pálido, sino blanco como nieve o papel o
escarchado de azúcar, excepto la boca que era roja,

muy roja. Se trataba de un semblante hermoso, por lo demás, pero altivo, y frío, y severo.

La visión del trineo era en verdad espléndida, según se acercaba veloz hacia Edmund, con todos sus cascabeles tintineando, y el enano haciendo restallar su látigo, y la nieve que salía despedida a un lado y a otro.

—¡Alto! —ordenó la Dama, y el enano dio un tirón tan brusco de las riendas que los renos casi cayeron sentados de culo, pero enseguida se recobraron y quedaron allí tascando el freno y resoplando. En el aire glacial, el aliento que exhalaban sus narices parecía humo.

—¿Y tú qué eres, si se puede saber? —preguntó la Dama, mirando a Edmund con severidad.

—Soy... soy... me llamo Edmund —respondió Edmund un tanto aturullado. No le gustaba la forma que tenía de mirarle.

La Dama frunció el entrecejo.

—¿Así te diriges a una Reina? —le preguntó, con un ceño todavía más adusto.

—Os ruego me perdonéis, Majestad, no lo sabía —se excusó Edmund.

—¿No conoces a la Reina de Narnia? —clamó ella—. ¡Ah! De aquí en adelante nos conocerás mejor. Pero repito... ¿qué eres?

—Perdón, Majestad —dijo Edmund—, no sé lo que queréis decir. Yo voy al colegio... o por lo menos iba... ahora son vacaciones.

Capítulo IV

TOCINOS DE CIELO

—Pero ¿qué eres? —repitió la Reina—. ¿Eres un enano muy crecido que se ha cortado la barba?

No, Majestad —dijo Edmund—. Yo no he tenido barba nunca, soy un niño.

—¡Un niño! —exclamó ella—. ¿Quieres decir que eres un hijo de Adán?

Edmund permaneció inmóvil, sin pronunciar palabra. Estaba demasiado confuso para comprender lo que significaba la pregunta.

—Lo que veo es que eres idiota, aparte lo demás que quiera que seas —dijo la Reina—. Contéstame de una vez o perderé la paciencia. ¿Eres humano?

—Sí, Majestad —repuso Edmund.

—¿Y cómo has penetrado en mis dominios, si se puede saber?

—Con vuestra venia, Majestad, he entrado por un armario.

—¿Un armario? ¿Qué quieres decir?

—Yo... yo... abrí una puerta y me encontré aquí, Majestad.

—¡Ah! —dijo la Reina, hablando más para sí misma que para él—. Una puerta. ¡Una puerta del mundo de los hombres! He oído que ocurren tales cosas. Eso puede desbaratarlo todo. Pero éste es solamente uno, y será fácil dar cuenta de él.

Mientras profería estas palabras se levantó de su asiento y miró a Edmund fijamente a la cara, echando lumbre por los ojos; en el mismo instante alzó su vara. Edmund tuvo la certeza de que se disponía a hacer algo terrible, pero parecía incapaz de moverse. Y entonces, cuando ya se daba por perdido, ella dio muestras de cambiar de idea.

—Mi pobre niño —dijo con una voz muy distinta—, ¡qué cara de frío tienes! Ven y siéntate conmigo aquí, en el trineo, y te envolveré con mi manto y hablaremos.

A Edmund no le hizo ninguna gracia aquel regalo, pero no se atrevió a desobedecer; subió al trineo y se sentó a los pies de la Dama, y ella le echó por encima un pliegue de su manto de pieles, envolviéndole y abrigándole bien con el mismo.

—¿Algo calentito que beber, quizá? —ofreció la Reina—. ¿Te gustaría?

—Sí, Majestad, por favor —dijo Edmund, que estaba dando diente con diente.

Extrajo la Reina de entre sus ropajes una botellita muy pequeña, que parecía hecha de cobre. Luego, sacando el brazo fuera, dejó caer una gota sobre la nieve, al lado del trineo. Por espacio de un segundo, Edmund vio la gota en su descenso por el aire, resplandeciente como un diamante. Pero en el momento que tocó la nieve se oyó chirriar como cuando cae agua en el fuego y apareció una copa de metal precioso y pedrería llena de algo que exhalaba vapor. El enano lo recogió inmediatamente y se lo tendió a Edmund con una reverencia y una sonrisa: no una sonrisa muy cordial, por cierto. Edmund se sintió mucho mejor cuando empezó a dar sorbos de aquella bebida caliente. Era algo que no había probado en toda su vida, muy dulce y cremoso y espumoso, y le confortaba y calentaba hasta los dedos de los pies.

—Nada hay más insulso, hijo de Adán, que

beber sin comer —dijo luego la Reina—. ¿Qué es lo que más te apetecería, dime?

—Tocinos de cielo, Majestad, por favor —dijo Edmund.

La Reina dejó caer otra gota de su botella sobre la nieve y en el mismo instante apareció una caja redonda, atada con cinta de seda verde, que, una vez abierta, resultó contener varias libras del mejor tocino de cielo. Cada porción era dulce y delicada hasta la misma médula, y Edmund no había probado nunca nada más exquisito. Estaba ya totalmente reconfortado, y muy a gusto.

Mientras comía, la Reina no dejaba de hacerle preguntas. Al principio Edmund trató de recordar que es de mal educados hablar con la boca llena, pero pronto se olvidó de tal cosa y sólo pensaba en engullir todo el tocino de cielo que podía, y cuanto más tomaba, más ganas tenía de seguir comiendo, y ni por un momento se preguntó por qué la Reina habría de mostrarse tan preguntona. Consiguió que le dijera que tenía un hermano y dos hermanas, y que una de sus hermanas había estado en Narnia y había conocido a un Fauno, y que nadie, excepto él mismo y su hermano y hermanas, sabía una palabra acerca de Narnia. Parecía especialmente interesada en la circunstancia de que los hermanos fuesen cuatro, y volvía sin cesar sobre el tema.

—¿Estás seguro de que sois cuatro cabales? —preguntaba—. ¿Dos hijos de Adán y dos hijas de Eva, ni uno más ni uno menos?

Y Edmund, con la boca llena de tocino de cielo, le respondía:

—Sí, ya os lo he dicho antes —y olvidaba el tratamiento de «Majestad», pero a ella no parecía importarle mucho ahora.

Por fin los tocinos de cielo se terminaron y Edmund se quedó mirando muy atento la caja vacía y deseando que la Reina le preguntara si le apetecía tomar algunos más. Probablemente ella conocía muy bien lo que pensaba; porque sabía, cosa que Edmund ignoraba, que aquel era un tocino de cielo muy embrujado y que quienquiera lo hubiese probado una vez querría tomar más y siempre más, hasta el punto de que, si se le permitía, continuaría comiendo y comiendo hasta reventar. Pero la Reina no le ofreció más. Le dijo, en cambio:

—Hijo de Adán, me encantaría conocer a tu hermano y a tus dos hermanas. ¿Querrás traérmelos de visita?

—Lo intentaré —dijo Edmund, sin dejar de mirar un instante la caja vacía.

—Porque, si volvieras, trayéndolos contigo naturalmente, podría daros algo más de tocino de cielo. Ahora no me es posible; el hechizo sólo obra una vez. En mi casa sería otra cosa.

—¿Y por qué no podemos ir a vuestra casa? —preguntó Edmund. Cuando montó en el trineo había temido que la Reina partiese con él hacia algún lugar desconocido del que no supiera luego volver; pero ahora había olvidado totalmente ese temor.

—Es preciosa mi casa —dijo la Reina—.

Estoy segura de que os gustaría. Hay habitaciones enteras llenas de tocino de cielo, y lo que es más, yo no tengo hijos propios. Necesito un buen chico al que educar como príncipe y que sería Rey de Narnia cuando yo falte. Mientras fuera príncipe llevaría corona de oro y comería tocino de cielo todo el santo día, y tú eres el mocito más listo y más guapo que he visto en mi vida. Creo que me complacería hacerte príncipe... algún día, cuando hayas traído a los otros a visitarme.

—¿Por qué no ahora? —preguntó Edmund. Se había puesto muy colorado, y tenía la boca y los dedos pegajosos. No hacía figura de listo ni de guapo, dijera la Reina lo que dijere.

—Oh, es que si te llevase ahora —objetó ella—, no verías a tu hermano y a tus hermanas. Y tengo muchísimas ganas de conocer a tu adorable parentela. Tú serás el príncipe, y, más adelante, el Rey; eso está convenido. Pero habrás de tener nobles y cortesanos. Haré a tu hermano duque y a tus hermanas duquesas.

—No tienen nada de particular —dijo Edmund—, y, de todos modos, siempre puedo traerlos en otra ocasión.

—Ah, pero una vez que estuvieses en mi casa —dijo la Reina—, puede que te olvidaras de ellos por completo. Lo pasarías tan en grande que no querrías tomarte la molestia de ir a buscarlos. No. Debes volver a tu país ahora y venir a verme otro día, con *ellos,* ¿entiendes? De nada servirá venir sin ellos.

—Pero es que ni siquiera sé el camino para regresar a mi país —alegó Edmund.

—Eso es fácil —contestó la Reina—. ¿Ves aquel farol? —señaló con la vara y Edmund, volviéndose, vio la misma farola bajo la que Lucy se había encontrado con el Fauno—. Todo derecho, y, detrás, está el camino del Mundo de los Hombres. Y ahora, mira en la otra dirección —y señaló en dirección opuesta—, y dime si distingues dos montecillos que destacan por encima de los árboles.

—Creo que sí los veo —dijo Edmund.

—Pues bien, mi casa está entre esos dos cerros. Conque la próxima vez que vengas no tienes más que localizar la farola, buscar esos dos montecillos y caminar a través del bosque hasta llegar a mi casa. Pero recuerda... tienes que traer a los otros contigo. Si vienes solo me enfadarías muchísimo.

—Haré todo lo posible —aseguró Edmund.

—Y a propósito —dijo la Reina—, no hace falta que les digas nada de mí. Resultará gracioso mantener un secreto entre nosotros dos, ¿no te parece? Darles una sorpresa. Tú simplemente los traes hasta los dos cerros (a un chico listo como tú no le será difícil encontrar alguna excusa para ello), y cuando lleguéis a mi casa vas y dices: «Vamos a ver quién vive ahí», o algo por el estilo. Estoy segura de que eso será lo mejor. Si tu hermana ha conocido a uno de esos Faunos, puede que haya oído patrañas acerca de mí... historias truculentas que tal vez le infundan miedo de venir a verme. Los Faunos dicen lo primero que se les antoja, ¿sabes? y ahora...

—Por favor, por favor —dijo Edmund de improviso—, por favor, ¿no podría darme un tocinito de cielo, uno solo, para comer camino de casa?

—No, no —dijo la Reina, echándose a reír—, tienes que aguardar hasta la próxima vez. —Y mientras pronunciaba estas palabras, dio orden al enano de que emprendiera la marcha; pero antes de que el trineo, veloz, se perdiera de vista, la Reina dijo adiós a Edmund con la mano, gritando—: ¡La próxima vez! ¡La próxima vez! No lo olvides. Venid pronto.

Todavía estaba Edmund mirando el trineo que se alejaba por la nieve, cuano oyó que le llamaban por su nombre, y, al volverse, vio a Lucy que venía hacia él desde otro punto del bosque.

—¡Oh, Edmund! —exclamó la niña—. ¡Conque has entrado también tú! ¿No te parece maravilloso...? Y ahora...

—Muy bien, muy bien —dijo Edmund—. Ya

veo que tenías razón y que ese armario es un armario mágico, después de todo. Diré que lo siento mucho, si eso te hace feliz. ¿Pero dónde demonios has estado todo este tiempo si se puede saber? Te he buscado por todas partes.

—De haber sabido que entrabas, te habría esperado —dijo Lucy, que se sentía demasiado dichosa y entusiasmada para notar el tono irritado y agresivo con que hablaba Edmund ni lo raro y congestionado que tenía el rostro—. He estado almorzando con mi querido amigo el señor Tumnus, el Fauno, y está muy bien, y la Bruja Blanca no le ha hecho nada por dejarme marchar, de modo que piensa que a lo mejor no lo ha descubierto, y quizá todo vaya a salir a pedir de boca.

—¿La Bruja Blanca? —inquirió Edmund—; ¿y quién es esa señora?

—Es un personaje absolutamente terrible —dijo Lucy—. Se hace llamar Reina de Narnia, aunque no tiene ningún derecho a ser reina, y todos los Faunos, Dríadas, Náyades, Gnomos y Animales (todos los buenos, por lo menos) la odian, así como lo oyes. Y puede convertir a cualquiera en piedra y realizar toda suerte de cosas horribles. Y ha obrado un maleficio para que siempre sea invierno en Narnia: siempre invierno, pero nunca se llega a la Navidad. Y va de un lado a otro en un trineo tirado por renos, con su vara en la mano y una corona en la cabeza.

Edmund, que se sentía ya molesto por haber comido tanto dulce, cuando oyó que la Dama con quien había hecho amistad era una bruja peligrosa, sintió subir de punto su malestar. Pero, más que ninguna otra cosa en el mundo, todavía seguía deseando volver a saborear aquel delicioso tocino de cielo.

—¿Quién te ha contado todas esas cosas acerca de la Bruja Blanca? —preguntó.

—El señor Tumnus, el Fauno —repuso Lucy.

—No siempre puede uno creerse lo que dicen

los Faunos —observó Edmund, en un tono que intentaba hacer ver que sabía de ellos mucho más que Lucy.

—¿Quién te ha dicho eso? —preguntó la niña.

—Todo el mundo lo sabe —dijo Edmund—; pregúntaselo a quien quieras. Pero no tiene maldita la gracia estarnos aquí parados como pasmarotes en la nieve. Vámonos a casa.

—Sí; vámonos —dijo Lucy—. ¡Cuánto me alegro de que hayas entrado tú también, Edmund! Los otros no tendrán más remedio que creer en Narnia, ahora que has estado tú aquí. ¡Lo divertido que va a ser!

Pero Edmund, allá en sus adentros, pensaba que no iba a resultar tan divertido para él como para ella. Tendría que admitir delante de todos que Lucy no había mentido ni soñado, y estaba seguro de que los otros se pondrían de parte de los Faunos y los animales, cuando él estaba ya bastante inclinado del lado de la Bruja. No sabía lo que iba a decir, ni cómo mantendría su secreto una vez que se pusieran todos a hablar acerca de Narnia.

Para entonces habían caminado ya un buen trecho, y de pronto sintieron abrigos a su alrededor, en vez de ramas, y un momento después se hallaban los dos fuera del armario, en el cuarto vacío.

—Oye —dijo Lucy—, tienes malísima cara, Edmund. ¿No te encuentras bien?

—Me encuentro perfectamente —repuso Edmund, pero no era cierto. Sentía un mareo y unas arcadas terribles.

—Pues vamos, entonces —dijo Lucy—, vamos a buscar a los otros. ¡Qué de cosas tenemos que contarles! ¡Y qué maravillosas aventuras nos esperan, ahora que estamos todos en el secreto!

Capítulo V

OTRA VEZ DEL LADO DE ACÁ DE LA PUERTA

Como el juego del escondite proseguía, a Edmund y Lucy les costó algún tiempo encontrar a los otros. Pero cuando al fin estuvieron todos juntos (lo cual aconteció en la sala alargada, donde se hallaba la armadura), Lucy estalló:

—¡Peter! ¡Susan! Todo es verdad. Edmund lo ha visto también. Existe un país al que se llega a través del armario. Hemos entrado en él los dos, Edmund y yo. Nos hemos encontrado allí, en el bosque. Vamos, Edmund cuéntaselo todo.

—Pero, bueno, ¿qué es todo ese rollo, Edmund? —inquirió Peter.

Y aquí llegamos a uno de los hechos más abominables de esta historia. Hasta ese momento Edmund se había sentido indispuesto, y mohíno, y enojado con Lucy por llevar la razón, pero aún no había decidido qué resolución tomar. Cuando Peter le hizo inopinadamente la pregunta, decidió de inmediato poner por obra la cosa más mezquina y más ignominiosa que se le ocurrió. Decidió dejar por embustera a Lucy.

—Cuéntanos, Edmund —dijo Susan.

Y Edmund adoptó un aire muy superior, como si fuera mucho mayor que Lucy (en realidad, no había entre ellos más que un año de diferencia), soltó una risita tonta y dijo:

—Ah, sí, Lucy y yo hemos estado jugando... haciendo como si toda su historia sobre la existencia de un país en el armario fuera verdad. Por pasar el rato, claro. Allí no hay nada, en realidad.

La pobre Lucy lanzó a Edmund una mirada y salió precipitadamente de la habitación.

Edmund, que iba haciéndose más odioso a cada minuto, debió de creer que se había anotado un éxito notable, y prosiguió diciendo:

—Allá va otra vez. ¿Pero qué le pasa? Eso es lo peor de los críos pequeños, que siempre...

—Oye, tú —dijo Peter, volviéndose violentamente contra él—, ¡cállate de una vez si puedes! Te estás portando con Lu como un cafre, desde que empezó con esa tontuna del armario, y ahora vas y juegas con ella a esas mismas historias para hacerla rabiar de nuevo. Yo creo que lo haces sencillamente por maldad.

—Pero son todo tonterías —dijo Edmund, muy desconcertado.

—Claro que son tonterías —dijo Peter—, esa es la cuestión. Lu estaba bien cuando salimos de casa, pero desde que estamos aquí parece o que no anda muy bien de la chaveta o que está convirtiéndose en una embustera tremenda. Pero sea lo que quiera, ¿qué crees tú que adelantas con zaherirla y mortificarla un día y darle ánimos al siguiente?

—Yo pensaba... pensaba —dijo Edmund; pero no se le ocurrió nada que alegar.

—Tú no pensabas nada de nada —replicó Peter—; es pura maldad. Siempre te ha gustado atormentar a los más pequeños que tú; lo hemos visto en el colegio.

—Dejadlo ya —dijo Susan—; una pelea entre vosotros dos no va a servir precisamente para arreglar las cosas. Vamos a buscar a Lucy.

Nada tuvo de sorprendente que cuando, bastante tiempo después, encontraron por fin a Lucy, todos advirtieran que había estado llorando. Pero ningún argumento la hizo cambiar. Se aferró a su versión y dijo:

—Me tiene sin cuidado lo que penséis y me importa un bledo lo que digáis. Podéis contárselo al profesor, o escribir a mamá, o podéis hacer lo que se os antoje. Yo sé que me he encontrado allí con un Fauno y... ¡ojalá me hubiera quedado allí y vosotros fueseis todos animales, animales!

Fue una tarde de lo más ingrata. Lucy se sentía desdichada, y Edmund comenzaba a darse cuenta de que su plan no funcionaba tan bien como había previsto. Los dos mayores estaban empezando a pensar que Lucy había perdido el juicio. Se quedaron en el pasillo hablando en voz baja hasta mucho tiempo después de haberse acostado ella.

Como consecuencia, a la mañana siguiente decidieron ir a ver al profesor y poner todo el asunto en su conocimiento.

—Él escribirá a papá si cree que de verdad le pasa algo a Lu —dijo Peter—; nosotros no podemos hacer nada.

Conque fueron y llamaron a la puerta del despacho, y el profesor dijo: «Adelante», y se levantó y les acercó sillas para que se sentaran y dijo que estaba a su entera disposición. Luego se sentó a escucharlos, juntas las puntas de los dedos de una mano con los de la otra, y no les interrumpió un solo momento hasta que hubieron concluido toda su historia. A continuación permaneció un buen rato sin pronunciar palabra. Finalmente, se aclaró la garganta y dijo lo último que cualquiera de ellos hubiera esperado.

—¿Cómo sabéis —preguntó— que lo que cuenta vuestra hermana no es verdad?

—Oh, pero... —comenzó Susan, y enseguida se interrumpió. Cualquiera podía ver, por el semblante del anciano, que hablaba perfectamente en serio. Luego Susan se rehizo y precisó—: Pero Edmund dijo que sólo habían estado fingiendo.

—Ese es un punto —dijo el profesor— que sin duda alguna merece consideración; una consideración muy minuciosa. Por ejemplo, si me excusáis la pregunta, ¿a quién tenéis vosotros por más de fiar, según vuestra experiencia, a vuestro hermano o a vuestra hermana? Quiero decir, ¿quién de los dos es más veraz?

—Eso es precisamente lo curioso de este asunto, señor —dijo Peter—. Hasta ahora, yo habría dicho que Lucy de todas, todas.

—¿Y tú qué piensas, hijita? —preguntó el profesor, dirigiéndose a Susan.

—Bueno —respondió Susan—, en general, yo habría dicho lo mismo que Peter; pero eso no puede ser verdad, todo eso del bosque y el Fauno.

—Eso es lo que yo no sé —dijo el profesor—, y una acusación de mendacidad contra alguien a quien siempre habéis hallado veraz es una cosa muy seria; una cosa muy seria, creedme.

—Lo que tememos es que no se trate siquiera de mentiras —dijo Susan—; pensamos que tal vez le ocurra algo... a Lucy.

—¿Locura, queréis decir? —inquirió el profesor con perfecto aplomo—. Oh, podéis estar tranquilos a ese respecto. No tiene uno más que mirarla y hablar con ella para advertir que no está loca.

—Pero entonces... —dijo Susan, y se calló. Jamás se le había pasado por la imaginación que una persona mayor hablara como el profesor y no sabía lo que pensar.

—¡Lógica! —dijo el profesor medio para sí mismo—. ¿Por qué no os enseñan lógica en esos colegios? Sólo existen tres posibilidades. O vuestra hermana dice mentiras, o está loca, o lo que cuenta es verdad. Vosotros sabéis que no es mentirosa, y es evidente que loca no está. Por el momento, pues, y a menos que aparezcan nuevas pruebas, hemos de suponer que dice la verdad.

Susan le miró con mucha atención y por la expresión de su rostro tuvo la absoluta certeza de que no se estaba burlando de ellos.

—Pero ¿cómo puede ser eso verdad, señor? —dijo Peter.

—¿Por qué dices tal cosa? —preguntó el profesor.

—Bien, para empezar —dijo Peter—, si eso fuera real, ¿por qué no encuentra cualquiera ese país cada vez que se mete en el armario? Entiéndame, allí no había nada cuando nosotros miramos; ni siquiera Lucy pretendió que lo hubiera.

—¿Y eso qué tiene que ver? —inquirió el profesor.

—Bueno, señor, si las cosas son reales, están presentes todo el tiempo.

—¿Presentes? —repitió el profesor. Y Peter se quedó sin saber qué decir.

—Pero es que no hubo tiempo —dijo Susan—; a Lucy no le dio tiempo de ir a ninguna parte, aun cuando existiera ese lugar. Vino corriendo tras de nosotros en el momento mismo en que salíamos del cuarto. Fue menos de un minuto, y ella pretendía haber estado ausente varias horas.

—Eso es exactamente lo que da a su relato visos de verosimilitud —dijo el profesor—. Si en realidad hay en esta casa una puerta que da acceso a otro mundo (y debo advertiros que es una casa muy extraña, e incluso yo mismo sé muy poco acerca de ella)... si, como os decía, ella hubiera entrado en otro mundo, no me sorprendería en absoluto constatar que ese otro mundo tuviera un tiempo aparte, exclusivamente suyo; de suerte que por mucho rato que permaneciéramos en él, nunca nos llevaría un solo instante de nuestro propio tiempo. Por otra parte, no creo que haya muchas niñas de su edad capaces de inventar esa idea por sí mismas. Si su intención hubiera sido fingir, se habría escondido durante un tiempo razonable antes de salir y contar su historia.

—¿Pero realmente quiere usted dar a entender, señor —inquirió Peter—, que pueden existir otros mundos... así en cualquier parte, digamos que a la vuelta de la esquina?

—Nada es más probable —repuso el profesor, quitándose los lentes y poniéndose a limpiarlos mientras murmuraba para sí mismo—: Me gustaría saber qué es lo que os enseñan en esos colegios.

—Pero ¿qué vamos a hacer? —preguntó Susan. Le parecía que la conversación estaba empezando a desviarse.

—Mi querida señorita —dijo el profesor, mirándolos de pronto a ambos con expresión muy astuta—, hay un plan que nadie ha sugerido todavía y que vale la pena poner en práctica.

—¿En qué consiste? —inquirió Susan.

—Podríamos intentar ocuparnos cada uno de nuestros propios asuntos —repuso él. Y así tuvo fin aquella conversación.

Después de esto, las cosas marcharon bastante mejor para Lucy. Peter se ocupó de que Edmund dejara de hostigarla y molestarla, y ni ella ni nadie más se sintió inclinado a hablar del armario en absoluto. Se había convertido en un tema no poco alarmante. Y así, durante cierto tiempo, pareció como si todas las aventuras hubieran tocado a su fin. Pero no habían hecho más que empezar.

La casa del profesor, de la que él mismo

sabía tan poca cosa, era tan antigua y tan célebre que solía acudir gente de toda Inglaterra a pedir permiso para visitarla. Se trataba de una de esas casas que aparecen mencionadas en guías de turismo y hasta en libros de historia. Y no faltaban motivos, pues se contaban acerca de ella toda clase de sucedidos o leyendas, algunos aún más insólitos que el que os estoy refiriendo ahora. Y cuando llegaban grupos de turistas y solicitaban visitar la casa, el profesor siempre les daba permiso, y la señora Macready, el ama de llaves, guiaba a estos grupos por toda la mansión, explicándoles lo que sabía sobre los cuadros y la armadura y los libros raros de la biblioteca. A la señora Macready no le caían muy bien los niños, y no le gustaba que se la interrumpiera cuando desplegaba todos sus conocimientos ante los visitantes. Había dicho a Peter y Susan casi la primera mañana (junto con un buen montón de instrucciones más): «... Y no olvidéis, por favor, que debéis quitaros de en medio cuando yo lleve a un grupo por la casa.»

«¡Como si a alguno de nosotros le apeteciera desperdiciar media mañana dando vueltas por las habitaciones con un hatajo de personas mayores estrafalarias!», había dicho Edmund, y los otros tres pensaban lo mismo.

Así fue como empezaron las aventuras por segunda vez.

Pocas mañanas después, estaban Peter y Edmund mirando la armadura y preguntándose si serían capaces de desmontarla, cuando irrumpieron las dos niñas en la sala y avisaron:

—¡Cuidado! Ahí viene la Macready y toda una cáfila con ella.

—Pues vámonos a escape —dijo Peter, y salieron los cuatro por la puerta del lado opuesto de la sala. Pero cuando llegaron al Salón Verde, y, pasado éste, a la Biblioteca, oyeron voces de pronto por delante de ellos, y comprendieron que la señora Macready debía de traer a su grupo de turistas por la escalera de atrás en vez de hacerlo por la principal, como ellos esperaban. Y después de esto, fuese que hubieran perdido el sentido de la orientación, o que la señora Marcready llevara intención de atraparlos, o que hubiera surgido en la casa alguna fuerza maléfica para empujarlos hacia Narnia, el caso es que tenían la impresión de verse seguidos por dondequiera que iban.

Hasta que al fin dijo Susan:

—¡Dichosos excursionistas! Venid acá... entremos en el Cuarto del Armario hasta que hayan pasado. Ahí nadie nos seguirá.

Pero no habían hecho más que introducirse en él cuando sintieron voces en el pasillo... y luego alguien que tanteaba en la puerta... y finalmente vieron girar el picaporte.

—¡Pronto! —dijo Peter—, no hay ningún sitio más —y abrió de golpe el armario.

Se metieron en él los cuatro y se acomodaron dentro, jadeantes, sentados en la oscuridad. Peter sostuvo la puerta junta, pero sin cerrarla del todo; pues, naturalmente, recordaba, como toda persona sensata recuerda siempre, que uno no debe encerrarse nunca nunca dentro de un armario.

Capítulo VI

BOSQUE ADENTRO

—A ver si la Marcready se da prisa y se lleva pronto a toda esa gente —dijo Susan al poco rato—, me estoy quedando entumecida de una manera terrible.

—¡Y este asqueroso tufo a alcanfor! —se lamentó Edmund.

—Supongo que los bolsillos de esos abrigos estarán llenos de él —dijo Susan—, para ahuyentar a las polillas.

—Hay algo que se me clava en la espalda —dijo Peter.

—¿No es frío? —preguntó Susan.

—Ahora que tú lo dices, sí, es frío —corroboró Peter—, y por todos los diablos, hay humedad también. ¿Pero qué pasa aquí? Estoy sentado sobre algo húmedo. Cada vez más húmedo. —Con un pequeño esfuerzo se puso de pie.

—Vamos a salir —dijo Edmund—, ya se han ido.

—¡Ooohhh! —exclamó Susan de repente. Y todos le preguntaron qué le ocurría.

—Estoy sentada recostada en un árbol —dijo Susan—, ¡y mirad! Se ve claridad... por aquel lado.

—¡Ahí va, pues es verdad! —dijo Peter—, y mirad allí... y allí. Árboles por todas partes. Y esta cosa húmeda es nieve. ¡Toma!, me parece a mí que hemos entrado en el bosque de Lucy, a fin de cuentas.

Ahora no había ya duda posible, y los cuatro niños guiñaban los ojos deslumbrados por la luz de un día invernal. Detrás de ellos había abrigos colgados en perchas; delante, árboles cubiertos de nieve.

Peter se dirigió inmediatamente a Lucy.

—Te pido disculpas por no haberte creído —dijo—; lo siento. ¿Chocamos las manos?

—Claro que sí —dijo Lucy, y así lo hicieron.

—¿Y qué vamos a hacer ahora? —inquirió Susan.

—¿Hacer? —dijo Peter—, pues ir y explorar el bosque, por supuesto.

—¡Uf! —exclamó Susan, dando fuertes pisotones en el suelo—, hace un frío que pela. ¿Y si nos pusiéramos algún abrigo de ésos?

—No son nuestros —objetó Peter, dudoso.

—Estoy segura de que a nadie le importaría —dijo Susan—; no es como si pretendiéramos sacarlos de la casa; ni siquiera vamos a sacarlos del armario.

—No había pensado en eso, Su —dijo Peter—. Pero, claro, planteado de esa manera, ya veo. Nadie podría decirnos que hemos birlado un abrigo siempre y cuando lo dejemos en el armario donde lo hemos encontrado. Y supongo que este país está todo él dentro del armario.

Inmediatamente pusieron en práctica el plan de Susan, tan sensato. Los abrigos les venían demasiado grandes: les llegaban hasta los talones, y cuando se los pusieron, más que abrigos parecían mantos reales. Pero se sintieron todos mucho más calientes y cada cual pensó que los otros tenían mejor aspecto con su nuevo atavío y más a tono con el paisaje.

—Podríamos hacer como que éramos exploradores del Ártico —dijo Lucy.

—Esto va a ser ya bastante emocionante, sin necesidad de ficción —dijo Peter, iniciando la marcha bosque adentro delante de los demás. Había grandes nubarrones encapotando el cielo, y todos los indicios eran de que iba a nevar de nuevo antes de caer la noche.

—Eh —dijo Edmund al rato—, ¿no deberíamos tirar un poco más hacia la izquierda; vamos, si es que nos dirigimos hacia la farola? —Había olvidado, en ese momento, que tenía que fingir no haber estado nunca antes en el bosque. Pero nada más salir las palabras de su boca, se dio cuenta de que se había delatado. Todos se detuvieron; todos le miraron atónitos. Peter emitió un silbido.

—Conque ya habías estado aquí —dijo—, aquella vez que nos contó Lu que os habíais encontrado aquí los dos... y tú empeñado en que mentía.

Silencio absoluto.

—Mira, de todos los bichos venenosos... —dijo Peter al fin, y se encongió de hombros, y no continuó. No parecía que hubiese más que decir, en realidad, y un instante después reanudaban los cuatro su incursión por el bosque.

Pero Edmund iba diciéndose a sí mismo: «Me las vais a pagar todas juntas, hatajo de engreídos, cursilones fachendosos.»

—¿Adónde vamos, de todos modos? —preguntó Susan, más que nada por cambiar de tema de conversación.

—Yo creo que debería guiarnos Lu —dijo Peter—; bien que lo merece. ¿Adónde nos llevas, Lu?

—¿Y si fuéramos a ver al señor Tumnus? —propuso Lucy—. Es ese Fauno tan simpático de quien os hablé.

Aceptaron todos la idea y se pusieron en camino avivando el paso y dando fuertes pisotones al andar. Lucy resultó una guía estupenda. Al principio dudó un poco si acertaría con el camino, pero reconoció un árbol de forma singular en un sitio, y

un tocón en otro, y los llevó hasta el paraje donde
el terreno se hacía más abrupto y los introdujo por
la cañada, llegando por fin ante la puerta misma de
la cueva del señor Tumnus. Pero allí les esperaba
una sorpresa terrible.

La puerta había sido arrancada de sus goz-

nes y hecha pedazos. En el interior, la cueva estaba
oscura y fría y tenía ese toque y ese olor a humedad
de un lugar que no ha sido habitado en varios días.
Había penetrado nieve por la puerta y estaba amontonada en el suelo, mezclada con una cosa negra,
que resultó ser la ceniza y los leños carbonizados de
la chimenea. Alguien al parecer lo había esparcido
por toda la estancia y lo había pisoteado luego. La
vajilla se encontraba convertida en añicos en el
suelo, y el retrato del padre del Fauno lo habían
hecho jirones con un cuchillo.

—Sí que es buen zafarrancho —dijo Edmund—; no ha servido de mucho venir aquí.

—¿Qué es esto? —inquirió Peter, agachándose. Acababa de reparar en una hoja de papel que
habían dejado clavada a través de la alfombra en el
suelo.

—¿Hay algo escrito en ella? —preguntó Susan.

—Sí, creo que sí —respondió Peter—, pero

no puedo leerlo con esta luz. Salgamos al aire libre.

Salieron todos a la luz del día y rodearon a Peter mientras leía en voz alta las siguientes palabras:

El ex ocupante de esta vivienda, el Fauno Tumnus, se encuentra detenido y en espera de juicio para responder a la acusación de delito de Alta Traición contra su Majestad Imperial Jadis, Reina de Narnia, Castellana de Cair Paravel, Emperatriz de las Islas Solitarias, etc., así como de dar acomodo a enemigos de la dicha Majestad, albergar a espías y fraternizar con Humanos.

Firmado, MAUGRIM, Capitán de la Policía secreta,

¡V I V A   L A   R E I N A!

Los niños se miraron consternados.

—No sé si a mí me va a gustar este sitio, después de todo —dijo Susan.

—¿Quién es esa Reina, Lu? —preguntó Peter—. ¿Sabes algo de ella?

—No es una reina de verdad ni mucho menos —respondió Lucy—; es una bruja horrible, la Bruja Blanca. Todo el mundo, toda la población del bosque, la odia. Ha obrado un maleficio sobre el país entero de forma que aquí siempre es invierno, y nunca Navidad.

—M... me pregunto si hay alguna razón para seguir adelante —dijo Susan—. Entendedme bien, éste no parece un sitio muy seguro, y según todas las apariencias tampoco parece que nos vayamos a divertir gran cosa. Y hace más frío, y no hemos traído nada que comer. ¿Y si nos volviéramos a casa, sin más?

—¡Oh, pero no podemos, no podemos! —exclamó Lucy de súbito—. ¿Es que no comprendéis? No podemos irnos a casa así por las buenas, después de esto. Es totalmente por mi causa por lo que el pobre Fauno se ha metido en este apuro. Me ocultó a la Bruja y me enseñó el camino de vuelta. Eso es lo que significa dar acomodo a enemigos de la Reina y fraternizar con Humanos. Tenemos que intentar rescatarle.

—¡Pues sí que podemos hacer mucho nosotros! —protestó Edmund—, ¡cuando ni siquiera llevamos nada que comer!

—¡Tú cállate la boca! —dijo Peter, que aún seguía indignadísimo con Edmund—. ¿A ti qué te parece, Susan?

—Tengo la impresión horrible de que Lu tiene razón —dijo Susan—. No me apetece dar un paso más y ojalá no hubiéramos venido. Pero creo que debemos intentar hacer algo por ese señor Como-se-llame... el Fauno quiero decir.

—Eso es también lo que yo siento —dijo Peter—. Me preocupa que no llevemos provisiones de boca. Yo votaría por volver y coger algo de la despensa, sólo que no parece que haya ninguna certidumbre de volver a entrar en este país una vez que se ha salido de él. Creo que tendremos que continuar adelante.

—Y yo también —dijeron a dúo las dos niñas.

—¡Si al menos supiéramos dónde está preso el pobrecillo! —exclamó Peter.

Se quedaron todos en silencio, sin saber por dónde tirar, cuando Lucy de pronto indicó:

—¡Mirad! Ahí hay un petirrojo, con su pechuguita tan colorada. Es el primer pájaro que veo aquí. ¡Oye!... ¿Hablarán las aves en Narnia? Casi parece como si quisiera decirnos algo. —Entonces se volvió hacia el Petirrojo y preguntó—: ¿Puedes indicarnos adónde se han llevado a Tumnus el Fauno, por favor?

Y al decir esto dio un paso hacia el pájaro, el cual inmediatamente se alejó de un vuelo, pero sólo hasta el árbol más próximo. Allí se posó y se quedó mirándolos muy atento como si entendiera todo lo que habían estado diciendo. Casi sin darse cuenta de ello, los cuatro niños se le acercaron un paso o dos. A esto el Petirrojo voló de nuevo hasta el árbol siguiente y una vez más se quedó allí mirándolos muy fijo. (Habría sido imposible encontrar un petirrojo con la pechuga más colorada y los ojos más vivos.)

—¿Sabéis una cosa? —dijo Lucy—. Yo creo que lo que quiere es que le sigamos.

—Eso me parece a mí también —dijo Susan—. ¿Tú qué piensas, Peter?

—Bueno, ¿por qué no probamos a ver? —respondió Peter.

El Petirrojo, según todos los indicios, comprendía perfectamente la situación. Siguió volando de árbol en árbol, siempre a unos metros delante de de ellos, pero siempre lo bastante cerca para que pudieran seguirle con facilidad. De esta manera fue guiándolos, ligeramente cuesta abajo. Dondequiera que el Petirrojo se posara, caía de la rama una pequeña rociada de nieve. Poco después se abrieron las nubes en el cielo, asomó entre ellas el sol invernal y brilló la nieve, aún más deslumbrante, a su alrededor. Llevaban caminando de este modo una media hora, las dos niñas delante, cuando Edmund dijo a Peter:

—Si no estás todavía demasiado farruco y arrogante para hablar conmigo, tengo algo que decirte que valdría más que escucharas.

—¿Qué es ello? —inquirió Peter.

—¡Calla! No tan alto —dijo Edmund—; no vamos a ganar nada asustando a las chicas. Pero ¿te has dado bien cuenta de lo que estamos haciendo?

—¿Qué? —preguntó Peter, reduciendo la voz a un susurro.

—Estamos siguiendo a un guía del que no sabemos absolutamente nada. ¿Cómo sabemos nosotros de qué lado está ese pájaro? ¿Por qué no podría conducirnos hacia una trampa?

—Esa es una idea preocupante. Sin embargo... un petirrojo, ya sabes. Son pájaros buenos en todos los relatos que he leído hasta ahora. Estoy seguro de que un petirrojo no se pondría nunca del lado del mal.

—Pero si vamos a eso, ¿cuál es el lado del bien? ¿Cómo sabemos nosotros que los Faunos son los buenos y la Reina (sí, ya sé que nos han dicho que es una bruja) es la mala? En realidad, no sabemos nada ni de unos ni de otra.

—El Fauno salvó a Lucy.

—Dijo él que lo hacía. ¿Pero cómo lo sabemos nosotros? Y además hay otra cosa. ¿Tiene alguien la menor idea del camino para volver desde aquí a casa?

—¡Rayos! —exclamó Peter—. No había pensado en eso.

—Y ninguna probabilidad de comer, tampoco —dijo Edmund.

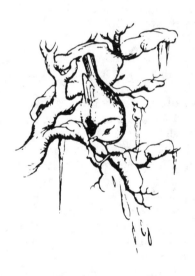

Capítulo VII

UN DÍA CON LOS CASTORES

Mientras los dos chicos hablaban detrás en voz baja, las niñas lanzaron de pronto una exclamación y se detuvieron.

—¡El Petirrojo! —gritó Lucy—, el Petirrojo. Ha desaparecido...

Y así era, en efecto: el pájaro se había perdido de vista.

—¿Y ahora qué vamos a hacer? —inquirió Edmund, echando a Peter una mirada que era tanto como recalcarle: «¿Qué te decía yo?».

—¡Chist! ¡Mirad! —exclamó Susan.

—¿Qué? —preguntó Peter.

—Hay algo que se mueve entre los árboles... allí, a la izquierda.

Miraron los cuatro con la mayor atención que pudieron y ninguno las tenía todas consigo.

—Allá va otra vez —dijo Susan al rato.

—Esta vez lo he visto yo también —aseguró Peter—. Sigue ahí. Acaba de ocultarse tras de aquel árbol grande.

—¿Qué es? —preguntó Lucy, esforzándose muchísimo para que no se le notara lo nerviosa que estaba.

—Sea lo que quiera —dijo Peter—, nos rehúye, nos esquiva. Es algo que no quiere ser visto.

—Vámonos a casa —dijo Susan. Y entonces, aunque nadie lo expresara en voz alta, todos tomaron conciencia de pronto del mismo hecho que Edmund había comunicado a Peter en voz baja al final del capítulo anterior. Se habían perdido.

—¿Qué aspecto tiene? —preguntó Lucy.

—Es... es una especie de animal —dijo Susan, para añadir de inmediato—: ¡Mirad, mirad! ¡Rápido! Allí está.

Esta vez lo vieron todos, un rostro peludo bigotudo que los había mirado asomándose desde detrás de un árbol. Pero en esta ocasión no se retiró de inmediato. El animal, en cambio, se llevó la garra a la boca exactamente como los humanos se ponen el dedo en los labios cuando quieren dar a entender que hay que guardar silencio. Luego desapareció de nuevo. Los niños se quedaron todos parados, conteniendo la respiración.

Un momento después, el desconocido salió de detrás del árbol, echó una mirada alrededor como si temiera que alguien estuviera espiando, chistó ordenando silencio, les hizo señas de que se reunieran con él en el rodal de bosque más tupido donde se encontraba, y a continuación desapareció otra vez.

—Ya sé lo que es —dijo Peter—; es un castor. Le he visto la cola.

—Quiere que vayamos con él —dijo Susan—, y nos indica que no hagamos ruido.

—Lo sé —dijo Peter—. La cuestión está en si debemos ir o no. ¿Tú qué piensas, Lu?

—A mí me parece que es un castor bueno —repuso Lucy.

—Sí, pero ¿cómo podemos saber nosotros eso? —preguntó Edmund.

—¿No deberíamos arriesgarnos? —propuso Susan—. Quiero decir, de nada sirve quedarnos aquí parados, y creo que no me vendría mal algo de comida.

En este momento el Castor asomó de nuevo la cabeza desde detrás del árbol y los llamó por señas con ademán serio y resuelto.

—Vamos —dijo Peter—, haremos la prueba a ver qué pasa. Todos muy juntos. No nos será difícil vencer a un solo castor si resultara ser un enemigo.

Los niños formaron, pues, un grupo compacto, se dirigieron al árbol, se asomaron tras él, y allí, por supuesto, encotraron al Castor; pero el animal aún retrocedió más, diciéndoles en un bronco susurro gutural:

—Más adentro, venid más adentro. Aquí, en la espesura. ¡En lo despejado no estamos seguros!

Sólo cuando los hubo conducido a un lugar oscuro donde crecían cuatro árboles tan juntos que sus ramas se entrelazaban y se veían la parda tierra y las agujas de pino bajo los pies porque no había penetrado hasta allí ni un copo de nieve, el animal comenzó a hablarles.

—¿Sois los hijos de Adán y la hijas de Eva? —preguntó.

—Somos algunos de ellos —repuso Peter.

—¡Ssssshhhh! —chistó el Castor—, no tan alto, por lo que más quieras. Ni aun aquí estamos seguros.

—¿Cómo, de quién tiene miedo? —preguntó Peter—. Aquí no hay nadie más que nosotros.

—Están los árboles —dijo el Castor—. Los árboles andan siempre a la escucha. La mayoría están de nuestra parte, pero hay árboles que nos traicionarían, delatándonos a *ella;* ya sabéis a quién me refiero —e hizo varios ademanes afirmativos con la cabeza.

—Si vamos a hablar de partes —dijo Edmund—, ¿cómo sabemos nosotros que es usted amigo?

—No quisiéramos parecer descorteses, señor Castor —añadió Peter—, pero ya lo ve, somos extranjeros.

—Muy bien, muy bien —dijo el Castor—. Aquí está mi contraseña. —Y con estas palabras les tendió un pequeño objeto blanco.

Todos lo miraron con sorpresa, hasta que de repente dijo Lucy:

—Oh, claro, es mi pañuelo... el que di al pobre señor Tumnus.

—Exactamente —dijo el Castor—. Pobrecillo, recibió aviso de la detención antes de que se llevara a efecto y me entregó esto. Dijo que si algo le sucedía a él me reuniera con vosotros aquí y os llevara a... —En este punto, la voz de Castor se sumió en el silencio, y el animal asintió una o dos veces con la cabeza de modo muy misterioso. Luego, haciendo señas a los niños de que se le acercaran todo lo posible, de manera que les cosquilleaba con los bigotes en la cara, añadió en un susurro casi imperceptible—: Dicen que Aslan se encuentra en camino... tal vez haya desembarcado ya.

Y entonces ocurrió una cosa curiosísima. Ninguno de los niños sabía quién era Aslan más de lo que vosotros mismos podáis saber; pero no bien hubo pronunciado el Castor estas palabras, todos se sintieron totalmente distintos. Quizá os haya sucedido a veces en un sueño deciros alguien una cosa que no comprendéis, pero en el sueño da la impresión de que tuviera algún significado enorme: o bien un sentido terrorífico que convierte el sueño en pesadilla, o bien un significado hermoso, demasiado hermoso para expresarlo con palabras, lo cual hace el ensueño tan bello que lo recordáis luego toda la vida y estáis siempre deseando volver a entrar en aquel sueño. Eso mismo sucedía ahora. Al oír el nombre de Aslan, cada uno de los niños había sentido brotar algo en su interior. Edmund experimentó una sensación de horror misterioso. Peter se sintió de pronto valiente y emprendedor. Susan notó como si un delicioso aroma o un placentero aire musical la envolviese. Y Lucy tuvo esa sensación que se tiene cuando se despierta uno por la mañana y recuerda que es el comienzo de las vacaciones o el principio del verano.

—¿Y qué se sabe del señor Tumnus? —inquirió Lucy—. ¿Dónde está?

—Ssssshhhh —chistó el Castor—, aquí no. He de llevaros adonde podamos hablar largo y tendido, y comer algo también.

Nadie, excepto Edmund, tuvo el menor reparo en confiar en el Castor ahora, y todos, incluso Edmund, se alegraron muchísimo de oír la palabra «comer». Por consiguiente, se apresuraron los cuatro tras de su nuevo amigo que los guió, a un paso sorprendentemente rápido, y siempre por los parajes más espesos del bosque, por espacio de más de una hora. Todos se sentían muy fatigados ante ellos, y el terreno a descender en una empinada ladera. Un minuto después salían a cielo descubierto (todavía lucía el sol) y sus ojos contemplaban, allá abajo, un hermoso paisaje.

Hallábanse al borde de un abrupto y angosto valle al fondo del cual corría —o habría corrido, por lo menos, si no hubiera estado helado— un río bastante ancho. Al pie mismo de donde se encontraban, había sido construido un dique a través de este río, y al verlo todos recordaron enseguida que efectivamente los castores andan siempre construyendo diques, y tuvieron la absoluta certeza de que el señor Castor había construido aquél. También observaron que su amigo adoptaba ahora una especie de expresión de modestia en el semblante; esa cara que por lo general pone la gente cuando visita uno el jardín que han cultivado o lee el cuento que han escrito. De modo que obedeció a un deber de elemental cortesía cuando exclamó Susan: «¡Qué dique tan bonito!» Y el señor Castor no dijo «¡Silencio!» esta vez, sino «¡Bah, una bagatela, una bagatela! ¡Y en realidad aún no está terminado!»

Aguas arriba del dique se extendía lo que debió de ser un hondo remanso de aguas tranquilas, pero ahora no era, por supuesto, sino una superficie de oscuro hielo verde. Y bajo el dique, a un nivel muy inferior, había más hielo, pero en vez de aparecer liso y suave, éste se hallaba todo congelado en las diversas formas de ondas y espumas en que corría impetuosa el agua en el momento en que la sorprendió la helada. Y allí donde el agua se había derramado por encima de la presa o filtrado y manado a través de ella, mostrábase ahora una reluciente pared de carámbanos, como si el frente del dique hubiera estado totalmente revestido de flores, festones y guirnaldas del más puro azúcar. Y hacia la mitad, y en parte sobre la cima del dique, había una casita muy graciosa configurada, en cierto modo, como una enorme colmena, y de un orificio del tejado salía humo, de suerte que cuando uno lo veía (especialmente si estaba hambriento), pensaba de inmediato en sabrosos guisos, y la gazuza se hacía mucho más cruel que antes.

Tal fue lo que los otros mayormente observaron, pero Edmund observó algo más. Un poco más abajo del río había otro riachuelo que descendía por otra cañada y confluía en éste. Y mirando hacia lo alto de aquel valle, Edmund distinguió dos pequeños cerros, y tuvo casi la certeza de que aquellos eran los dos cerros que la Bruja Blanca le había indicado cuando se separó de ella en la farola el otro día. Entre ellos, pensó, debe de estar su palacio, a una milla de distancia o menos. Y pensó en el tocino de cielo, y en ser rey («¿Cómo se lo tomará Peter?», se preguntó), y le vinieron a la cabeza ideas horribles.

—Ya estamos aquí —dijo el señor Castor—, y todo parece indicar que la señora Castor nos está esperando. Iré delante para enseñaros el camino. Cuidado, no resbaléis.

La cima del dique era lo bastante ancha para poder caminar por ella, si bien para los humanos no constituía lo que se dice un paseo muy atractivo, porque estaba cubierta de hielo, y aunque el rebalse helado se hallaba a su mismo nivel a uno de los lados, al otro había una caída tremenda por la parte inferior del río. Por este camino los llevó el señor Castor en fila india hasta el centro mismo, desde donde les fue dado contemplar un largo tramo de río aguas arriba y otro trecho no menos largo aguas abajo. Y cuando hubieron llegado a dicho punto medio, encontráronse ya a la puerta de la casa.

—Aquí estamos, señora Castor —dijo el señor Castor—; los he encontrado. Aquí están los hijos e hijas de Adán y de Eva. —Y entraron todos.

Lo primero que Lucy sintió al entrar fue un ruido monótono, como un mosconeo sordo, y lo primero que vio fue a una castor de amable aspecto

sentada en el rincón con un hilo en la boca trabajando muy afanosa en su máquina de coser, que era de donde el ruido procedía. En cuanto vio entrar a los niños, la costurera interrumpió su labor y se puso de pie.

—¡Conque habéis venido por fin! —tendiéndoles sus viejas manos arrugadas—. ¡Por fin! ¡Pensar que había yo de vivir para ver este día! Las patatas hierven y la marmita borbotea en el fuego... ¿por qué no nos traes algo de pescado, señor Castor?

—Eso es cosa hecha —dijo el señor Castor, y salió de la casa, acompañado por Peter.

Cruzando sobre el hielo del profundo rebalse, se llegaron hasta un agujero que allí tenía hecho el pescador y que mantenía abierto a diario partiendo el hielo con su hacheta. Llevaban un cubo dispuesto. El señor Castor se sentó tranquilamente al borde del orificio (no parecía importarle que estuviera tan frío), concentró la mirada en su interior, dio luego de pronto un tirón brusco, y en un decir amén había sacado una hermosa trucha. Después repitió y repitió la operación hasta que tuvieron una espléndida pesca.

Entretanto las niñas ayudaban a la señora Castor a llenar la tetera, y a poner la mesa, y a partir el pan, y a calentar los platos en el horno, y a llenar un gran jarro de cerveza para el señor Castor, de un barril que había en un rincón, y a poner la sartén al fuego y derretir la grasa. Lucy pensaba que los Castores tenían una casita muy confortable y acogedora, aunque no resistía la comparación con la cueva del señor Tumnus. Allí no había libros ni cuadros, y en vez de camas tenían literas empotra-

das en la pared como en los barcos. Y colgados del
techo había jamones y ristras de cebollas, mientras
que en las paredes se veían botas de goma, imper-
meables, hachetas, podaderas, azadas, paletas de

albañil, chismes para acarrear argamasa, cañas de pescar, trasmallos y sacos. Y el mantel que cubría la mesa, aunque muy limpio, era muy tosco.

Justo en el momento en que la grasa empezaba a chirriar en la sartén, entraban Peter y el señor Castor con la pesca, que este último había ya limpiado con su cuchillo al aire libre. Podéis imaginaros lo bien que olía al freírse un pescado tan fresco, y el deseo de los niños famélicos de que se hiciese pronto, y en qué medida se había agudizado aún más su hambre antes de que la señora Castor dijera: «En seguida ésta». Susan escurrió las patatas y las puso a secar de nuevo en el cacharro vacío, a un lado del fogón, mientras Lucy ayudaba a la señora Castor a servir las truchas en los platos, de suerte que en pocos minutos cada cual arrimaba a la mesa su taburete (en casa de los Castores todo eran taburetes de tres patas, sin contar la mecedora especial de la señora Castor que estaba junto al fuego) y se preparaba a disfrutar del festín. Había un jarro de cremosa leche para los niños (el señor Castor no se privaba de su cerveza) y un buen bloque de mantequilla bien amarilla en medio de la mesa del que cada uno se servía lo que deseaba para acompañar las patatas, y todos los niños pensaron —y yo estoy de acuerdo con ellos— que no hay nada capaz de superar al buen pescado de agua dulce si se toma cuando no hace más de media hora que estaba vivo en el agua ni más de medio minuto que se le ha sacado de la sartén. Y cuando hubieron concluido con el pescado, la señora Castor trajo inesperadamente del horno un monumental roscón con mermelada, pegajoso que era una gloria, calentito y humeante, y al mismo tiempo retiró la tetera de la lumbre, de modo que cuando acabaron el roscón con mermelada, el té estaba hecho y listo para ser servido. Y cuando cada comensal hubo recibido su taza de té, todos echaron hacia atrás su taburete para poder reclinarse de espaldas en la pared y exhalaron un largo suspiro de satisfacción.

—Y ahora —dijo el señor Castor, empujando a un lado su pichel de cerveza vacío y acercando su taza de té—, si aguardáis un poquito a que haya encendido mi pipa y haya conseguido que tire como Dios manda... pues bien, ya podemos entrar en materia. Otra vez está nevando —añadió, mirando de reojo a la ventana—. Tanto mejor, porque así no tendremos visitas, y si alguien hubiera intentado seguiros no encontrará huellas.

Capítulo VIII

LO QUE SUCEDIÓ DESPUÉS DE COMER

—Y ahora —dijo Lucy—, haga el favor de contarnos lo que le pasó al señor Tumnus.

—Ah, mal asunto es ése —dijo el señor Castor, meneando la cabeza—. Un asunto malísimo, malísimo. No cabe duda que se lo llevó la policía. Lo supe por un pájaro que lo presenció.

—¿Pero adónde se lo han llevado? —preguntó Lucy.

—Bueno, cuando los vieron por última vez se dirigían hacia el norte, y todos sabemos lo que eso significa.

—No, nosotros no lo sabemos —dijo Susan. El señor Castor meneó la cabeza con ademán muy triste.

—Significa que lo conducían a la Casa de ella, me temo yo —dijo.

—Pero ¿qué le harán, señor Castor? —preguntó Lucy con voz entrecortada.

—Bueno —repuso el señor Castor—, no puede asegurarse con exactitud. Pero de los que llevan allí, no son muchos los que vuelven a salir. Estatuas. Todo lleno de estatuas dicen que está... en el patio, y en la escalinata, y en el vestíbulo. Gente que ella ha convertido... (se interrumpió un instante, sacudido por un estremecimiento) ha convertido en piedra.

—Pero, señor Castor —dijo Lucy—, ¿no podríamos...? Quiero decir, nosotros debemos hacer algo para salvarle. Es demasiado terrible, y todo ello por causa mía.

—No dudo que vosotros le salvaríais si pudierais, hija mía —dijo la señora Castor—, pero no tenéis la menor posibilidad de entrar en Casa contra la voluntad de su dueña y salir de ella con vida, en caso de que lo consiguierais.

—¿No podríamos valernos de alguna estratagema? —preguntó Peter—. Quiero decir, podríamos disfrazarnos de algo, fingirnos... qué sé yo, buhoneros o algo por el estilo... o esperar a que ella salga... o... ¡qué diablo!, tiene que haber alguna manera. Ese Fauno salvó a mi hermana arriesgando en ello su vida, señor Castor. No podemos dejar que le... que le... que le hagan eso.

—De nada sirve, hijo de Adán —dijo el señor Castor—, de nada sirve que lo intentéis, ni vosotros ni nadie. Pero ahora que Aslan se acerca...

¡Oh, sí! ¡Háblenos de Aslan! —pidieron varias voces a la vez; pues, una vez más, se habían sentido embargados por aquella rara sensación... como de indicios precursores de la primavera, como de buenas noticias que llegan.

—¿Quién es Aslan? —preguntó Susan.

—¿Aslan? —dijo el señor Castor—. ¡Cómo!, ¿pero no lo sabéis? Aslan es el Rey. Es el Señor del mundo entero, pero no suele vérsele por aquí a menudo, como podréis comprender. Nunca se le vio en mis días ni en los de mi padre. Pero nos ha llegado aviso de que ha vuelto. Se encuentra en Narnia en este momento. El sabrá poner a la Reina Blanca en su sitio. Y será él, no vosotros, quien salve al señor Tumnus.

—¿Y no le convertirá ella en piedra, también? —dijo Edmund.

—¡El señor sea contigo, hijo de Adán, qué simpleza! —respondió el señor Castor con una risotada—. ¿Convertirle en piedra, a *él?* Si es capaz de sostenerse en pie y mirarle a la cara, eso será lomás que pueda hacer, y más de lo que espero de ella. Aslan enderezará todos los entuertos, comos se dice en una vieja estrofa muy conocida en este país:

Cuando Aslan llegue aquí, habrá justicia al fin,
Al son de su rugido, las penas se habrán ido,
Cuando enseñe sus dientes, dará al invierno muerte,
Y ondeando su melena, tendremos primavera.

Lo entenderéis cuando le veáis.

—Pero ¿le veremos? —preguntó Susan.

—¡Cómo!, hija de Eva, pues para eso os he traído aquí. Tengo que llevaros ante su presencia —dijo el señor Castor.

—¿Es... es un hombre? —inquirió Lucy.

—¡Aslan un hombre! —exclamó el señor Castor con severidad—. Desde luego que no. Ya os he dicho que es el Rey de la selva y el hijo del gran Emperador-de-allende-el-mar. ¿No sabéis quién es el Rey de los Animales? Aslan es un león... *el* León, el gran León.

—¡Oohh! —exclamó Susan—, yo creía que era un hombre. ¿Y no es... peligroso? Yo me sentiré bastante inquieta delante de un león.

—Por supuesto, hija mía, y no sin motivo —dijo la señora Castor—; si los hay capaces de presentarse ante Aslan sin que les tiemblen las rodillas, o son más valientes que nadie o son sencillamente tontos.

—¿Entonces es peligroso? —dijo Lucy.

—¿Peligroso? —dijo el señor Castor—; ¿no has oído lo que la señora Castor acaba de decir? ¿Quién ha hablado nada de que no haya peligro? Naturalmente que es peligroso. Pero es bueno. Es el Rey, ya os digo.

—Estoy deseando verle —dijo Peter—, aunque tiemble de miedo cuando llegue el momento.

—Eso está bien, hijo de Adán —aprobó el señor Castor, dando un puñetazo en la mesa con tal fuerza que hizo tintinear todas las tazas y platillos—. Y le verás. Han mandado aviso de que habréis de. reuniros con él, mañana mismo a poder ser, en la Mesa de Piedra.

—¿Dónde está eso? —preguntó Lucy.

—Yo os enseñaré —dijo el señor Castor—. Está aguas abajo del río, a un buen trecho de aquí. ¡Yo os llevaré!

—Pero entretanto, ¿qué será del pobre señor Tumnus? —preguntó Lucy.

—La forma más rápida que tenéis de poder ayudarle es yendo a ver a Aslan —dijo el señor Castor—; una vez que él esté con nosotros, entonces podremos empezar a hacer cosas. Y no es que no os necesitemos a vosotros también. Pues hay otra vieja estrofa:

> Cuando el hueso y la carne del padre Adán
> En el trono de Cair Paravel sienten su real
> Conocerá su fin el reinado del mal.

De modo que las cosas deben de estar acercándose a su término, ahora que ha venido él y habéis venido vosotros. Tenemos noticia de que Aslan ya estuvo por estas tierras anteriormente... hace muchísimo tiempo, nadie sabe cuándo. Pero de vuestra raza, jamás ha habido aquí nadie antes de ahora.

—Eso es lo que no entiendo, señor Castor —dijo Peter—; quiero decir, ¿es que la propia Bruja no es humana?

—Ella querría que lo creyésemos así —repuso el señor Castor—, y en eso funda su presunto derecho a ser Reina. Pero ella no es hija de Eva. Procede, sí, de vuestro padre Adán (y aquí el señor Castor hizo una reverencia), de la primera esposa de vuestro padre Adán, a la que llamaban Lilith. Y era una de los Djin. De ahí viene su estirpe por un lado. Y por el otro, procede de los gigantes. No, no, no hay una sola gota de verdadera sangre humana en la Bruja.

—Por eso es mala en todo y por todo, señor Castor —dijo la señora Castor.

—Efectivamente, señora Castor —respondió él—, puede haber dos opiniones distintas respecto a los humanos, con perdón de los presentes a quienes no quisiera ofender. Pero no respecto a las cosas que tienen aspecto humano y no lo son.

—Yo he conocido a Enanos buenos —observó la señora Castor.

—Y yo también, ahora que lo mencionas —dijo su marido—, pero contadísimos, y eran los menos parecidos a los hombres. Pero, en general, sigue mi consejo: cuando te encuentres con algo que va a ser humano y todavía no lo es, o que lo fue en un tiempo y ya no lo es ahora, o debería ser humano y no es humano, no le quites el ojo de encima ni apartes mucho la mano del hacha. No otra es la razón de que la Bruja esté siempre a la expectativa de que puedan entrar humanos en Narnia. Lleva vigilando vuestra llegada muchos años, y si supiera que sois cuatro habría más peligro por su parte todavía.

—¿Y eso qué tiene que ver? —inquirió Peter.

—Es a causa de otra profecía —dijo el señor Castor—. Allá en Cair Paravel, que así se llama el castillo que se alza en la costa frente al mar, junto a la desembocadura de este río, y que debería ser la capital del país entero si todo fuera como debería ser, allá en Cair Paravel hay cuatro tronos, y tenemos en Narnia un dicho desde tiempo inmemorial según el cual cuando dos hijos de Adán y dos hijas de Eva se sienten en esos cuatro tronos, entonces será el fin no sólo del reinado de la Bruja Blanca sino de su vida, y por eso teníamos que ser tan cautelosos cuando veníamos, pues si ella supiera de vosotros cuatro, ¡vuestras vidas no valdrían medio pelo de mi bigote!

Los niños habían estado todos tan atentos a

lo que el señor Castor les refería que no habían reparado en ninguna otra cosa durante mucho tiempo. Luego, en el momento de silencio que siguió a su última observación, Lucy dijo de pronto:

—¡Eh!, ¿dónde está Edmund?

A esta pregunta sucedió una pausa patética, y luego se pusieron todos a inquirir: «¿Quién es el último que le ha visto? ¿Cuánto tiempo hace que no está? ¿Ha salido de la casa?», y acto seguido se precipitaron todos a la puerta y se asomaron al exterior. La nieve caía espesa y persistente, el hielo verdoso del rebalse había desaparecido bajo una gruesa capa blanca, y desde el emplazamiento de la casita

en el centro del dique apenas alcanzaban a verse las orillas. Salieron, pues, hundiéndose hasta más arriba de los tobillos en la nieve reciente y blanda, y rodearon la casa en todas direcciones. «¡Edmund! ¡Edmund!», gritaron hasta enronquecer. Pero la nieve que caía silenciosa parecía ahogar sus voces, y ni siquiera un eco les respondía.

—¡Esto es de lo más espantoso! —exclamó Susan cuando al fin regresaron desesperados—. ¡Por qué habremos venido, Dios mío!

—¿Qué vamos a hacer ahora, señor Castor? —preguntó Peter.

—¿Hacer? —dijo el señor Castor, que ya se estaba calzando sus botas para nieve—, ¿hacer?

Debemos ponernos en camino enseguida. ¡No tenemos un momento que perder!

—Lo mejor sería dividirnos en cuatro unidades de exploración —propuso Peter— y salir en direcciones diferentes. Quienquiera que lo encuentre deberá volver aquí enseguida y...

—¿Unidades de exploración, hijo de Adán? —preguntó el señor Castor—. ¿Para qué?

—¡Toma!, pues para buscar a Edmund, ¿para qué va a ser?

—No tiene objeto el buscarle —replicó el señor Castor.

—¿Qué quiere usted decir? —preguntó Susan—. No puede haberse alejado mucho aún. Y tenemos que encontrarle. ¿Qué quiere dar a entender cuando dice que no tiene objeto buscarle?

—La razón de que no tenga objeto buscarle —dijo el señor Castor—, ¡es que sabemos ya adónde ha ido! —Todos miraron con asombro—. ¿No lo entendéis? Se ha ido con *ella,* con la Bruja Blanca. Nos ha traicionado a todos.

—¡Pero qué está usted diciendo! —exclamó Susan—. El no puede haber hecho eso.

—¿No puede? —inquirió el señor Castor, mirando muy fijamente a los tres niños, y todo cuanto hubieran querido decir murió en sus labios, pues cada uno sintió de pronto en su fuero interno con absoluta certeza que eso era exactamente lo que Edmund había hecho.

—¿Pero sabrá el camino? —preguntó Peter.

—¿Ha estado antes en este país? —inquirió el señor Castor—. ¿Ha estado aquí alguna vez él solo?

—Sí —contestó Lucy, casi en un susurro—. Me temo que sí.

—Entonces fijaos bien en lo que os digo —prosiguió el señor Castor—; él se ha encontrado ya con la Bruja Blanca y se ha puesto de su parte, y ha sido informado de dónde vive. No me había parecido bien mencionarlo antes (por ser hermano vuestro y todo eso), pero desde el momento en que puse los ojos en vuestro hermanito me dije: «Traidor». Tenía la mirada de quien ha estado con la Bruja y ha comido de su manjar. Se les conoce siempre, si uno ha vivido mucho tiempo en Narnia: un no sé qué que hay en sus ojos.

—De todos modos —dijo Peter, con voz un tanto estrangulada—, y sea lo que sea, tenemos que ir a buscarle. Es nuestro hermano, a fin de cuentas, aunque sea un bichejo el pobrecillo. Y no es más que un crío.

—¿Ir a la casa de la bruja? —inquirió la señora Castor—. ¿Es que no veis que la única probabilidad de salvarle o salvaros vosotros está en mantenerse alejados de ella?

—¿Qué quiere decir? —preguntó Lucy.

—Pues que lo único que ella desea es teneros en su poder a los cuatro (está pensando siempre en esos cuatro tronos de Cair Paravel). Una vez que os encontrarais todos en su casa, su tarea estaría cumplida... y habría cuatro estatuas más en su colección antes de que tuvierais tiempo de hablar siquiera. Pero le mantendrá con vida mientras sea él el único que tiene en su poder, porque querrá utilizarlo como señuelo: como cebo para atrapar con él al resto de vosotros.

—¡Oh!, ¿no hay nadie que pueda ayudarnos? —gimió Lucy.

—Sólo Aslan —dijo el señor Castor—; debemos ir en su busca. Es nuestra única oportunidad ahora.

—Me parece a mí, hijos míos —dijo la señora Castor—, que sería importantísimo saber en qué momento exacto se escabulló. La extensión de lo que pueda contar a la Bruja depende de la medida de lo que haya oído. Por ejemplo, ¿habíamos empezado a hablar de Aslan cuando él salió? Caso de que no, entonces nuestros planes pueden ir muy bien, porque ella no estará totalmente desprevenida en cuanto a eso se refiere.

—No recuerdo que estuviera aquí cuando hablábamos de Aslan... —comenzó a decir Peter, pero Lucy le interrumpió:

—Oh sí, sí que estaba —dijo toda compungida—, ¿no os acordáis que fue él quien preguntó si la Bruja podía convertir a Aslan en piedra también?

—Así fue, maldita sea —dijo Peter—; ¡y es muy suyo salirse con una pregunta como ésa, además!

—Peor que peor —dijo el señor Castor—, y la cuestión siguiente es ésta: ¿estaba aquí todavía cuando os dije que el lugar de encuentro con Aslan sería la Mesa de Piedra?

Y, por supuesto, nadie supo dar respuesta a esta pregunta.

—Porque, si estaba —continuó el señor Castor—, entonces ella simplemente bajará con su trineo en esa dirección, se apostará entre nosotros y la Mesa de Piedra y nos atrapará por el camino. O sea que nunca podremos llegar a presencia de Aslan.

—Pero no es eso lo que ella hará primero —dijo la señora Castor—, si yo la conozco bien. En el momento en que Edmund le diga que estamos todos aquí, se pondrá en marcha para atraparnos esta misma noche, y si él se ha ido hace cosa de media hora, en cosa de otros veinte minutos la tendremos aquí.

—Tienes razón, señora Castor —dijo su marido—, debemos irnos todos de aquí enseguida. No hay un momento que perder.

Capítulo IX

EN CASA DE LA BRUJA

Y ahora, naturalmente, querréis saber lo que sucedió con Edmund. Edmund había tomado su parte del ágape, pero en realidad no lo había disfrutado porque estaba todo el tiempo pensando en el tocino de cielo... Y no hay nada que estropee tanto el sabor de los buenos manjares comunes y corrientes como el recuerdo de los malos manjares de hechicería. Y había oído la conversación, pero no había gozado mucho de ella tampoco, porque sólo pensaba en que los otros no le hacían caso y procuraban darle de lado. No era verdad, pero él se lo figuraba. Y luego había escuchado hasta que el señor Castor les habló de Aslan y hasta que hubo oído todo el plan para el encuentro con Aslan en la Mesa de Piedra. Fue entonces cuando empezó a escurrirse muy sigilosamente tras la cortina que pendía sobre la puerta. Pues la mención de Aslan le deparó un misterioso y horrible sentimiento, lo mismo que a los otros les había producido una no menos misteriosa sensación de bienestar y gozo.

Justo en el momento en que el señor Castor recitaba la estrofa sobre *el hueso y la carne del padre Adán,* Edmund hacía girar muy silencioso el pomo de la puerta, y segundos antes de que el señor Castor comenzara a contarles que la Bruja Blanca no era realmente humana, sino mitad Djin y mitad giganta, Edmund se encontraba ya fuera en la nieve y cerraba la puerta tras él con toda cautela.

No debéis pensar que Edmund se tratase de alguien tan rematadamente malo que de verdad quisiese que su hermano y hermanas fuesen convertidos en piedra. Quería tocino de cielo, y ser príncipe (y posteriormente rey) y ajustarle las cuentas a Peter por llamarle bicho. Y en cuanto a lo que la Bruja hiciera con los otros, no deseaba que fuese especialmente solícita con ellos, ni, desde luego, que los pusiera al mismo nivel que a él; pero se las compuso para creer, o hacer como que creía, que no les haría nada muy malo tampoco, «porque», se dijo, «todos ésos que dicen cosas feas de ella son sus enemigos y probablemente la mitad de lo que cuentan no es verdad. Conmigo estuvo de los más amable, en todo caso, mucho más que ellos. Espero que sea la Reina legítima en realidad. ¡De todos modos, será mejor que ese monstruoso Aslan!». Por lo menos esa fue la excusa que se dio a sí mismo en su fuero interno por lo que estaba haciendo. No era una excusa muy buena, sin embargo, pues en lo más profundo de su ser sabía muy bien que la Bruja Blanca era mala y cruel.

Lo primero que comprobó cuando estuvo fuera y vio que la nieve caía todo a su alrededor, fue que se había dejado el abrigo en casa de los Castores. Y naturalmente, no había opción de volver atrás a recogerlo ahora. El segundo hecho que constató fue que casi se había extinguido la luz del día, pues eran casi las tres cuando se sentaron a comer y los días de invierno son muy cortos. No había contado con esto; pero tenía que arreglárselas lo mejor posible. Se subió, pues, el cuello, y avanzó, arrastrando los pies por lo alto del dique (afortunadamente no estaba tan resbaladizo desde que había caído sobre él la nieve), hacia la orilla opuesta del río.

Cuando llegó a ella, la cosa se presentaba

bastante mal. Estaba oscureciendo por momentos, y entre eso y los copos que se arremolinaban a su alrededor, apenas distinguía objeto alguno a más de un metro de sus narices. Y por si era poco, no había camino. Constantemente se hundía en baches de nieve amontonada, o patinaba en charcos helados, o tropezaba con troncos caídos, o rodaba por empinados taludes, o se despellejaba las espinillas contra las rocas, hasta que estuvo empapado y helado de frío y todo lleno de cardenales. El silencio y la

soledad eran pavorosos. A decir verdad, creo que quizás habría renunciado a todo el plan y habría vuelto y confesado de plano y hecho las paces con los otros, si no le hubiera acontecido decirse a sí mismo: «Cuando sea Rey de Narnia, lo primero que ordenaré será hacer caminos decentes». Y, claro, eso le llevó a pensar en que iba a ser Rey, y en todas las demás cosas que iba a hacer, lo cual contibuyó mucho a darle ánimos. Había ya resuelto en su magín la clase de palacio que iba a tener, y cuántos coches, y todo lo referente a su cine particular, y adónde irían los principales ferrocarriles, y las leyes que dictaría contra castores y diques, y estaba dando los últimos toques a ciertos proyectos para mantener a Peter en su sitio, cuando el tiempo cambió. Primero dejó de caer la nieve. Después se levantó viento y el frío se tornó glacial. Por último, se fueron las nubes y salió la luna. Era luna llena, que al brillar sobre toda aquella nieve hacía esplender el paisaje casi como si fuera de día; sólo las sombras eran aún confusas.

Jamás habría encontrado el camino si no hubiera salido la luna para cuando llegó al otro río: recordaréis que, a su llegada donde los castores, había visto un río pequeño que desembocaba en el grande algo más abajo. Ahora llegó a este río y torció a un lado para remontarlo. Pero el vallejo por donde discurría era mucho más escarpado y pedre-

goso que el que acababa de dejar, y con espesa maleza de arbustos, de suerte que no habría podido desenvolverse por él de ninguna manera en la oscuridad. Aun así, se caló hasta los huesos, porque tenía que agacharse para pasar bajo algunas ramas, y grandes cantidades de nieve le caían encima y se le deslizaban entre la ropa y la espalda. Y cada vez que esto sucedía pensaba más y más en lo mucho que aborrecía a Peter, como si todo aquello fuera culpa de su hermano.

Pero por fin salió a un paraje donde el terreno era más llano y el valle se ensanchaba. Y allí, al otro lado del río, bastante cerca de él, en medio de una pequeña meseta entre dos colinas, divisó la que debía de ser la casa de la Bruja Blanca. Y la luna lucía más resplandeciente que nunca. La casa era en realidad un pequeño castillo. Parecía ser todo torres: torrecillas con largos chapiteles puntiagudos, afilados como agujas. Eran como grandes capirotes o gorros de hechicera. Brillaban a la luz de la luna y sus largas sombras adquirían un aspecto fantástico sobre la nieve. Edmund empezó a tener miedo de la Casa.

Pero era ya demasiado tarde para pensar en volverse atrás. Cruzó el río sobre el hielo y se encaminó a la Casa. Nada se movía en ella, ni el más leve rumor en ninguna parte. Ni siquiera sus pies hacían el menor ruido sobre la espesa nieve recién caída. Siguió andando y andando, doblando esquina tras esquina de la Casa, y rodeando torreón tras torreón en busca de la puerta. Tuvo que dar la vuelta hasta el lado opuesto para encontrarla. Era un arco de piedra formidable, pero las grandes verjas de hierro estaban abiertas de par en par.

Edmund se llegó, lento y cauteloso, hasta el arco y se asomó al interior. Lo que vio allí, en el patio, casi le paralizó el corazón. Nada más trasponer el umbral, iluminado de lleno por la luna, estaba un enorme león agachado como si se preparara para saltar. Edmund se quedó parado en la sombra del arco, temeroso de avanzar tanto como de retroceder, chocándole una con otra las temblorosas rodillas. Permaneció así tanto tiempo que los dientes le habrían castañeteado de frío si no le hubieran estado ya castañeteando de miedo. Cuánto duró esta situación realmente no lo sé, pero a Edmund le pareció que duraba horas.

Luego, por fin, empezó a preguntarse por qué el león se estaría tan quieto... pues no se había movido una sola pulgada desde que puso los ojos en él. Edmund se aventuró entonces a acercarse un poquitín más, manteniéndose aún en la sombra del arco cuanto le era posible. Pudo apreciar así, por la postura del león, que de ninguna manera podía el animal haber reparado en su presencia. («¿Pero y si vuelve la cabeza?», pensó Edmund.) A decir verdad, tenía la mirada fija en otra cosa: esto es, en un enanito que se hallaba parado de espaldas a él a poco más de un metro de distancia. «¡Ajajá!», pensó Edmund. «Cuando salte sobre el enano, será mi oportunidad de escapar». Pero el león continuaba sin moverse, como tampoco se movía el enano. Y entonces, por fin recordó Edmund lo que le habían dicho los otros acerca de que la Bruja Blanca convertía a los seres en piedra. Tal vez aquél fuera sólo un león de piedra. Y no bien hubo pensado en ello cuando observó que el lomo y la cerviz del león estaban cubiertos de nieve. ¡Claro, debía de ser sólo una estatua! Ningún animal vivo se habría dejado cubrir así de nieve. Entonces, muy despacio y latiéndole el corazón como si le fuese a estallar, se aventuró Edmund a aproximarse al león. Ni siquiera ahora se atrevía a tocarle, pero por último extendió la mano, muy rápida y furtivamente, y le tocó. Era de fría piedra. ¡Se había dejado atemorizar por una mera estatua!

El alivio que experimentó Edmund fue tan grande que, a pesar del frío, se sintió de pronto reconfortado y caldeado de la cabeza a los pies, y al mismo tiempo le vino a las mientes una idea que parecía espléndida. «Probablemente», pensó, «éste es el gran León Aslan, del que todos hablaban. Ella lo ha capturado ya y lo ha convertido en piedra. ¡Conque aquí terminan todas sus bonitas ilusiones acerca de él! ¡Bah! ¿Quién teme a Aslan?».

Y se quedó allí recreándose en la contemplación del león de piedra, y luego hizo una cosa de lo más tonta y pueril. Sacó del bolsillo una mina de lápiz y garabateó un bigote sobre el labio superior del león, y después unas gafas en torno a sus ojos. A continuación dijo:

—¡Uf! ¡Mamarracho de Aslan! ¿Qué tal te sienta ser de piedra? ¿Te creías muy poderoso, eh?

Pero a pesar de los garabatos que había pintado en la cara al imponente animal de piedra, tenía aún un aspecto tan terrible, y tan triste, y tan noble, mirando con sus ojos impávidos a la luz de la luna, que Edmund no sacó en realidad ningún placer de sus mofas. Se dio la vuelta y empezó a atravesar el patio.

Cuando llegó al centro del mismo, comprobó que había docenas de estatuas por todas partes, distribuidas por acá y por allá un poco como las piezas sobre un tablero de ajedrez cuando está mediada la partida. Había sátiros de piedra, y lobos de piedra, y osos, y zorros, y felinos todos ellos de piedra. Había hermosas figuras de piedra que semejaban mujeres pero eran en realidad los espíritus de los árboles. Estaba la colosal figura de un centauro, y un caballo alado, y una bestia de cuerpo alargado y flexible que Edmund tuvo por un dragón. Presentaban todos un aspecto tan extraño, allí plantados, en una perfecta simulación de vida y en una perfecta inmovilidad a un tiempo, bajo el helado resplandor de la luna, que la empresa de cruzar el patio tenía algo de sobrecogedor y de fantástico. En el centro exacto erguíase una figura descomunal con traza de hombre, pero de la altura de un árbol, con una cara de muy pocos amigos, y una barba espesa y enmarañada, y un enorme garrote en la mano derecha. Aun sabiendo que no era más que

un gigante de piedra y no un gigante vivo, a Edmund no le agradó mucho pasar por su lado.

Advirtió entonces que en el lado de allá del patio había una luz difusa que salía de una puerta. Se dirigió hacia ella. Había una escalinata de piedra, y arriba una puerta abierta. Edmund subió los escalones. Atravesado en el umbral, estaba tendido un enorme lobo.

—Tranquilo, tranquilo —iba diciéndose a sí mismo—; no es más que un lobo de piedra. No puede hacerme ningún daño —y levantó la pierna para pisar encima de él. En el mismo instante, aquel corpulento animal se levantó, todo el pelo del lomo erizado, abrió una tremenda boca colorada y dijo con voz bronca y amenazadora:

—¿Quién vive? ¿Quién vive? Alto ahí, no te muevas, forastero, y dime quién eres.

—Con su venia, señor —dijo Edmund, temblando de tal manera que apenas acertaba a hablar—, me llamo Edmund, y soy el hijo de Adán que Su Majestad encontró en el bosque el otro día, y vengo a traerle la noticia de que mi hermano y hermanas se encuentran ya en Narnia... muy cerca, en la casa de los Castores. Ella... ella quería verlos.

—Avisaré a Su Majestad —dijo el Lobo—. Entretanto, quédate ahí en el umbral y no te muevas, si estimas en algo tu vida. —Y con estas palabras, desapareció en el interior de la casa.

Edmund se quedó allí quieto y esperó, doliéndole los dedos del frío y martilleándole el corazón en el pecho, hasta que al poco rato el lobo gris, Maugrim, Jefe de la Policía Secreta de la Bruja, volvió brincando y dijo:

—¡Entra! ¡Entra! Afortunado favorito de la Reina... en otro caso no tan afortunado.

Y Edmund pasó, poniendo el mayor cuidado en no pisarle las patas al Lobo.

Se encontró en un largo y sombrío vestíbulo con muchas columnas, todo repleto de estatuas lo mismo que el patio. La más cercana a la puerta era un pequeño fauno con expresión muy triste, y Edmund no pudo menos que preguntarse si sería aquél el amigo de Lucy. La única luz provenía de una sola lámpara y al lado de ella estaba sentada la Bruja Blanca.

—He venido, Majestad —dijo Edmund, corriendo ansiosamente hacia ella.

—¿Cómo te atreves a venir solo? —preguntó la Bruja con voz terrible—. ¿No te previne que trajeras a los otros contigo?

—Con vuestra venia, Majestad —dijo Edmund—, he hecho lo que he podido. Los he traído muy cerca. Están en la casita de lo alto del dique, ahí mismo, río arriba... con el señor y la señora Castor.

Una sonrisa lenta, cruel, se dibujó en el rostro de la Bruja.

—¿Es ésa toda tu información? —inquirió.

—No, Majestad —dijo Edmund, y procedió a referirle cuanto había oído antes de abandonar la casa de los Castores.

—¡Qué! ¿Aslan? —clamó la Reina—. ¡Aslan! ¿Es eso verdad? Si descubro que me has mentido...

—Con vuestra venia, no hago más que repetir lo que ellos han dicho —tartamudeó Edmund.

Pero la Reina, que ya no le hacía caso, dio unas palmadas, y al instante se presentó el mismo enano que ya Edmund había visto con ella.

—Apareja nuestro trineo —ordenó la Bruja—, y saca el atelaje sin cascabeles.

Capítulo X

COMIENZA A DESHACERSE EL MALEFICIO

Volvamos ahora al señor y la señora Castor y los otros tres niños. No bien el señor Castor hubo dicho «No hay tiempo que perder», todos se pusieron a enfardarse en sus respectivos abrigos, excepto la señora Castor, que empezó a coger sacos, los extendió sobre la mesa y dijo:

—Anda, señor Castor, alcanza ese jamón. Y aquí hay un paquete de té, y ahí, azúcar, y cerillas. Y a ver alguien que traiga dos o tres panes de la panera que está en el rincón.

—¿Qué está haciendo, señora Castor? —preguntó Susan.

—Preparar un fardo para cada uno de nosotros, hija mía —repuso la señora Castor, muy tranquilamente—. No habréis pensado en emprender viaje sin nada que comer, ¿eh?

—¡Pero no tenemos tiempo! —dijo Susan, abrochándose el cuello del abrigo—. Ella puede presentarse aquí en cualquier momento.

—Eso mismo digo yo —intervino el señor Castor.

—¡Estáis todos buenos! —exclamó su esposa—. Piénsalo bien, señor Castor. Esa bruja no puede estar aquí antes de un cuarto de hora por lo menos.

—¿Pero no nos conviene salir de aquí lo

antes posible si queremos llegar a la Mesa de Piedra antes que ella? —preguntó Peter.

—Hemos de tener eso en cuenta, señora Castor —dijo Susan—. En cuanto que ella asome por aquí y vea que nos hemos ido, saldrá a toda velocidad.

—Por supuesto que sí —dijo la señora Castor—. Pero nosotros no podemos llegar allí antes que ella, hagamos lo que hagamos, porque ella va en trineo y nosotros a pie.

—Entonces... ¿no tenemos ninguna esperanza? —preguntó Susan.

—No te apures tanto, hija, no te apures tanto —dijo la señora Castor—; por lo pronto, saca media docena de pañuelos limpios de este cajón... Claro que tenemos esperanza. No podemos llegar allí antes que ella, pero podemos mantenernos a cubierto y marchar por caminos que ella no se figurará y quizá pasar y llegar sin ser vistos.

—Eso es verdad, señora Castor —afirmó su marido—. Pero ya es hora de que hubiéramos salido.

—Y no empieces tú a meter prisa también, señor Castor —dijo su mujer—. Toma. Así es mejor. Hay cuatro fardos que llevar, y el más pequeño para la más pequeña de nosotros, que eres tú, hijita —añadió, dirigiéndose a Lucy.

—Oh, vamos ya, por favor —suplicó Lucy.

—Bien, ya estoy casi lista —repuso la señora Castor al fin, permitiendo a su marido que la ayudara a calzarse las botas para nieve—. Supongo que la máquina de coser pesará demasiado para llevárnosla, ¿no?

—Sí. Pesa demasiado —dijo el señor Castor—. Muchísimo. ¿Y no creerás que vas a poder hacer uso de ella mientras vamos de camino, me figuro yo?

—No puedo soportar la idea de que esa Bruja enrede con ella —dijo la señora Castor—, y la rompa o me la robe, que todo podría suceder.

—¡Oh, por favor, por favor, vamos aprisa! —suplicaron los tres niños.

Y así, por fin, salieron todos, y el señor Castor cerró la puerta con llave («Esto la entretendrá un poco», dijo), y se pusieron en marcha, cada uno con su carga al hombro.

Cuando iniciaron su viaje había dejado de nevar y había salido la luna. Iban en fila india: primero el señor Castor, luego Lucy, después Peter, a continuación Susan y, cerrando la marcha, la señora Castor. El señor Castor los condujo por encima del dique hasta la orilla derecha del río, y luego por una especie de sendero muy escabroso, entre los árboles, ribera abajo. Las laderas del valle, resplandecientes de luna, se alzaban muy por encima de ellos a un lado y a otro.

—Tenemos que ir así, lo más abajo posible —dijo—. Ella habrá de mantenerse en la parte alta, pues no se puede conducir un trineo por aquí.

Habría sido una escena bastante bonita para contemplarla por una ventana desde un sillón confortable; y aun tal como era, Lucy disfrutó con todo ello al principio. Pero cuando siguieron caminando, y caminando, y caminando, y cuando el fardo que llevaba al hombro empezó a hacerse más y más pesado, comenzó a preguntarse cómo iba a poder resistir y continuar la marcha. Y dejó de contemplar la deslumbrante reverberación del río helado con todas sus cascadas de hielo, y las masas blancas de las copas de los árboles, y la luna inmensa, esplendorosa, y las estrellas incontables, y ya sólo veía las cortas patitas del señor Castor que avanzaban, pian, pian, pian por la nieve, delante de ella, como si jamás fueran a detenerse. Luego desapareció la luna y se puso a nevar otra vez. Y finalmente Lucy estaba tan cansada que casi dormía y caminaba a un tiempo, cuando de pronto pudo ver que el señor Castor se había desviado de la orilla del río, hacia la derecha, y los conducía por la escarpada ladera arriba, metiéndose en lo más espeso del sotobosque. Y entonces, despierta ya del todo, observó cómo el señor Castor desaparecía en el interior de un pequeño agujero abierto en el ribazo y casi oculto bajo los arbustos hasta que uno estaba prácticamente encima. En realidad, cuando quiso darse cuenta de lo que pasaba, sólo quedaba a la vista la cola corta y plana del señor Castor.

Lucy se agachó en el acto y gateó detrás de él. Luego sintió ruido en pos suyo. Ruido de soplidos, y jadeos, y cuerpos que se arrastran. Y en un instante se encontraban dentro los cinco.

—Vaya, ¿y esto qué es? —preguntó la voz de Peter, que sonaba fatigada y mortecina en la oscuridad. (Espero que sepáis lo que entiendo por una voz mortecina).

—Es un viejo escondite para castores en situaciones de apuro —dijo el señor Castor—, y un gran secreto. No es un sitio muy cómodo que digamos, pero tenemos que concedernos unas horas de sueño.

—Si no hubierais tenido todos tanta dichosa prisa cuando salimos, habría traído algunas almohadas —dijo la señora Castor.

No era una cueva tan linda como la del señor Tumnus ni con mucho, pensó Lucy: una simple excavación en el terreno, pero estaba seca y al abrigo. Era muy pequeña, de suerte que cuando estuvieron todos acostados formaban un rebujo de pieles y ropas juntas, y entre eso y el calor corporal desarrollado con la larga caminata, la verdad es que se sentían bastante abrigados y cómodos. ¡Si el suelo de la cueva hubiera sido un poco más liso! Entonces la señora Castor pasó en ronda, en la oscuridad, un frasquito del que todos bebieron —aquello le hacía a uno toser y espurrear un poco, y picaba en la garganta, pero también hacía sentirse deliciosamente confortado una vez ingerido—, y todo el mundo se durmió enseguida.

Cuando Lucy se despertó (un minuto después le pareció a ella, aunque en realidad habían pasado horas) sentía un poco de frío y un tremendo entumecimiento y pensó lo mucho que le gustaría tomar un baño caliente. Sintió en la mejilla el cosquilleo de unos largos bigotes y vio que por la boca de la cueva entraba la helada claridad del día. Pero al punto mismo se despabiló por completo, ciertamente, y no menos habíanse despabilado todos los demás. En realidad estaban todos incorporados, con los ojos y bocas bien abiertos, escuchando un sonido que era exactamente el mismo en que no habían parado de pensar (e incluso, a veces, imaginado que oían) durante su caminata de la pasada noche. Era un son de cascabeles.

El señor Castor salió como un relámpago de la cueva nada más oírlo. Pensaréis acaso, como Lucy pensó por un momento, que hacer tal cosa era una verdadera tontería. Pero en realidad fue una medida de lo más sensata. Sabía él muy bien que podía gatear hasta lo alto del ribazo, entre matas y zarzales, sin ser visto. Y por encima de todo, quería comprobar en qué dirección iba el trineo de la Bruja. Todos los demás permanecían sentados en la cueva esperando y llenos de incertidumbre. Esperaron casi cinco minutos. Luego oyeron algo que les asustó muchísimo. Oyeron voces. «¡Oh!», pensó Lucy, «¡le han descubierto! ¡Le ha cogido la Bruja!».

Grande fue su sorpresa cuando, un ratito

después, oyeron la voz del señor Castor que los llamaba desde la entrada de la cueva.

—No pasa nada —gritaba—. Salid aquí fuera, señora Castor. Salid, Hijo e Hijas de Adán. ¡No pasa nada! ¡No son Ella! (La concordancia gramatical no era buena, por supuesto, pero así es como hablan los castores cuando están excitados; en Narnia, quiero decir, claro, que en nuestro mundo por lo común no hablan de una forma ni de otra).

De modo, pues, que la señora Castor y los niños salieron precipitadamente de la cueva, haciendo guiños ante la luz del día, todo sucios de tierra y oliendo a mal ventilado, sin cepillar ni peinar y con el sueño todavía en los ojos.

—¡Vamos, venid acá! —clamó el señor Castor, que casi bailaba de contento—. ¡Venid y ver! ¡Menudo golpe es éste para la Bruja! Parece como si su poder se estuviese ya desmoronando.

—¿Qué quiere decir, señor Castor? —inquirió Peter, entre jadeos, al par que todos gateaban juntos por el empinado ribazo arriba.

—¿No os había dicho —repuso el señor Castor— que ella había hecho que siempre fuera invierno y nunca Navidad? ¿No os lo había dicho? ¡Bueno, pues venid y ver!

Y entonces llegaron todos a lo alto del ribazo y vieron.

Era un trineo, sí, y eran renos con cascabeles en los arneses, pero mucho más corpulentos que los de la Bruja, y no eran blancos, sino pardos. Y el trineo lo ocupaba un personaje al que todos reconocieron nada más poner los ojos en él. Era un hombrachón envuelto en un manto color rojo vivo (como el de las bayas de acebo), con capucha forrada de piel por dentro y una inmensa barba blanca que le caía como una espumosa catarata sobre el pecho. Todos le conocieron porque, aunque personajes de su naturaleza sólo se ven en Narnia, hay estampas y representaciones suyas y se habla de ellos incluso en nuestro mundo: el mundo que está del lado de acá de la puerta del armario. Pero cuando uno los ve de verdad en Narnia, la cosa cambia bastante. En nuestro mundo, hay estampas del Padre Noel que le dan exclusivamente un aspecto jocoso y campechano. Pero ahora que los niños le miraban tal como es en realidad, no le encontraban así ni mucho menos. Era tan alto, y tan gozoso, y tan auténtico, que se quedaron todos como estáticos. Les embargaba un sentimiento de inmensa alegría, pero también de temor reverencial.

—He venido al fin —dijo—. Ella me ha tenido alejado mucho tiempo, pero por fin he conseguido entrar. Aslan está en acción. Los poderes maléficos de la Bruja se debilitan.

Y Lucy se sentía traspasada por ese profundo temblor de júbilo que sólo se experimenta si se mantiene uno sereno, llena el alma de paz y reverencia ante la majestad.

—Y ahora —dijo el Padre Noel—, vamos con vuestros regalos. Hay una máquina de coser nueva y mejor para usted, señora Castor. Se la dejaré en casa, de pasada.

—Con vuestra venia, señor —dijo la señora Castor, haciendo una genuflexión—. Está cerrada con llave.

—Llaves y cerrojos no son nada para mí —dijo el Padre Noel—. Y en cuanto a usted, señor Castor, cuando vuelva a casa encontrará su dique terminado y reparado, tapadas todas las filtraciones y colocada una nueva compuerta en la esclusa.

El señor Castor se puso tan contento que abrió la boca en toda su amplitud, para encontrarse con que no acertaba a decir ni media palabra.

—Peter, Hijo de Adán —dijo del Padre Noel.

—Presente, señor —respondió Peter.

—Aquí están tus regalos —fue la contestación—, y son utensilios, no juguetes. Quizá está cerca el momento en que debas hacer uso de ellos. Empléalos bien. —Con estas palabras, entregó a Peter un escudo y una espada. El escudo era del color de la plata y ostentaba como emblema un león rojo rampante, de un encarnado tan vivo como una fresa madura en el momento de cogerla de la mata. La empuñadura de la espada era de oro y tenía su vaina y su cinto y todo lo preciso, y era exactamente de la dimensión y el peso apropiados para que Peter la manejara. Peter adoptó una actitud callada y solemne mientras recibía estos dones, pues se daba perfecta cuenta de que constituían un regalo de calidad muy seria.

—Susan, Hija de Eva —dijo el Padre Noel—. Esto es para ti —y le entregó un arco y una aljaba llena de flechas y un pequeño cuerno de marfil—. El arco habrás de usarlo sólo en caso de suma necesidad —dijo—, porque no es intención mía que pelees en el combate. Es un arco certero que no marra el tiro así como así. Y cuando te lleves este cuerno a los labios y lo hagas sonar, entonces, dondequiera que estés, recibirás auxilio de una clase o de otra, me figuro yo.

Y finalmente dijo:

—Lucy, Hija de Eva. —Y Lucy se adelantó hasta él, que puso en sus manos un frasquito que parecía de cristal (pero después se dijo que era de diamante) y una pequeñas daga—. Este frasco —le dijo— contiene un elixir hecho del néctar de una de las flores de fuego que crecen en las montañas del sol. Si tú o alguno de tus amigos resulta herido, bastarán unas gotas para quedar curado. Y la daga es para que te defiendas en caso de extrema necesidad. Porque tampoco tú has de intervenir en el combate.

—¿Por qué, señor? —inquirió Lucy—. Yo creo... no lo sé, pero creo que sería bastante valiente.

Eso no hay que dudarlo —dijo él—. Pero las batallas son feas cuando pelean las mujeres. Y ahora... —en este punto pareció, de pronto, menos solemne— ¡aquí hay algo para ahora mismo y para todos! —y extrajo (supongo que del voluminoso costal que llevaba a la espalda, pero nadie vio bien cómo ni de dónde) una monumental bandeja que contenía cinco tazas con sus correspondientes platillos, un azucarero, un jarro de nata y una enorme tetera que silbaba y pitaba toda ella con la fuerza del calor. Entonces exclamó—: ¡Felices Pascuas! ¡Viva el Rey verdadero! —e hizo restallar su látigo, y renos, trineo y él se perdieron de vista con todo el equipo antes de que nadie se apercibiera de que se habían puesto en marcha.

Peter acababa de sacar su espada de la vaina y se la estaba mostrando al señor Castor, cuando la señora Castor dijo:

—¡Hala, vamos, vamos! No os estéis ahí charlando hasta que el té se enfríe. Los hombres siempre sois lo mismo. Venid y ayudad a llevar ahí abajo la bandeja y desayunaremos. Suerte que me acordé de traer el cuchillo del pan.

Bajaron, pues, el empinado ribazo y volvieron a la cueva. Allí el señor Castor cortó pan y jamón para hacer bocadillos, y la señora Castor sirvió el té, y todos disfrutaron de un opíparo desayuno. Pero mucho antes de haber concluido ese disfrute, el señor Castor dijo:

—Es hora ya de partir.

Capítulo XI

ASLAN SE ACERCA

Mientras tanto, Edmund lo estaba pasando muy mal, pues todo se le volvían desengaños. Cuando el enano salió para aprestar el trineo, esperaba que la Bruja empezara a ser amable y simpática con él, como lo fuera en su anterior encuentro. Pero ella no decía nada en absoluto. Y cuando por fin Edmund cobró el ánimo para decir: «Con vuestra venia, Majestad, ¿podrían darme un poco de ese tocino de cielo? Vos... vos... dijísteis...», ella respondió : «¡Silencio, idiota!» Luego pareció cambiar de idea y dijo, como para sí misma: «Y sin embargo no conviene que el mocoso se desmaye por el camino», y otra vez dio palmadas.

Apareció otro enano.

—Trae a la criatura humana de comer y de beber —ordenó la Reina.

El enano desapareció para volver al poco rato con una vasija de hierro que contenía agua y un plato también de hierro sobre el que venía un mendrugo de pan duro. Puso ambas cosas en el suelo al lado de Edmund y, sonriendo de oreja a oreja de una manera repulsiva, dijo:

—Tocino de cielo para el principito. ¡Ja, ja, ja!

—Puedes llevártelo —dijo Edmund enfurruñado—. No quiero pan duro.

Pero la Bruja se volvió de repente hacia él con una expresión tan terrible en el rostro que el infeliz pidió disculpas y se puso a mordisquear el pan, aunque estaba tan rancio que apenas podía tragarlo.

—Bien puedes darte por contento con eso antes de que vuelvas a catar el pan —dijo la Bruja.

Todavía estaba mascullando cuando tornó el primer enano y anunció que el trineo estaba a punto. La Bruja Blanca se levantó y salió, ordenando a Edmund que la acompañase. De nuevo caía la nieve cuando salieron al patio, pero ella no hizo caso y mandó a Edmund sentarse a su lado en el trineo. Antes de arrancar llamó a Maugrim, que acudió brincando como un enorme perro.

—Lleva contigo al más veloz de tus lobos, y os dirigís enseguida a la casa de los Castores —dijo la Bruja—. Matad a todo el que encontréis allí. Si ya se han ido, corred a toda velocidad hasta la Mesa de Piedra, pero que no os vean. Esperadme allí escondidos. Yo entretanto he de recorrer varias leguas al oeste para encontrar un sitio por donde cruzar el río. Tal vez alcancéis a esos humanos antes de que lleguen a la Mesa de Piedra. ¡Ya sabéis lo que tenéis que hacer si los encontráis!

—Oigo y obedezco, ¡oh Reina! —gruñó el Lobo, y salió como una centella a través de la nieve y la oscuridad, no menos raudo que un caballo al galope. En pocos minutos había llamado a otro lobo y estaba con él en el dique olisqueando la casa de los Castores. Pero, naturalmente, la encontraron vacía. Habría sido terrible para los Castores y para los niños si la noche se hubiera mantenido clara, porque entonces los lobos habrían podido seguirles la pista, y con toda probabilidad les habrían dado alcance antes de llegar a la cueva. Pero ahora que otra vez nevaba, el rastro se desvanecía y hasta las huellas quedaban cubiertas.

A todo esto el enano arreaba a los renos con su látigo, y la Bruja y Edmund salían bajo el arco y se internaban en la oscuridad y el frío. Fue un viaje espantoso para Edmund, que no tenía abrigo. Antes de un cuarto de hora de marcha, la nieve le cubría toda la parte anterior del cuerpo: pronto cejó en sus intentos de sacudírsela, porque, por muy aprisa que lo hiciera, se le amontonaba encima otra tanta, ¡y ya estaba cansado! No tardó en calarle la humedad hasta el pellejo. ¡Y, ay, cuán desdichado se sentía! Ahora no había indicios de que la Bruja se propusiera hacerle Rey. Todas las cosas que había dicho para que le creyeran que ella era buena y amable y que su bando era en realidad el de la justicia y la razón, le sonaban a estúpidas ahora. Habría dado cualquier cosa por reunirse con los otros en aquel mismo momento... ¡incluso con Peter! La única forma que tenía ya de consolarse consistía en hacer por creer que todo aquello no era más que un sueño y que seguramente iba a despertarse en cualquier momento. Y según proseguían y proseguían, hora tras hora, llegó en efecto a parecer un sueño.

Aquello duró más de lo que sería yo capaz

de describir aunque escribiera páginas y páginas contándolo. Pero voy a saltármelo hasta el momento en que había cesado de nevar, y era ya de mañana, y corrían raudos a la luz del día. Adelante y siempre adelante, sin otro son que el inacabable chirriar de la nieve y el crujir de los aparejos de los renos...

Hasta que por fin la Bruja dijo: «¿Pero qué sucede ahí? ¡Alto!» Y se detuvieron.

¡Qué esperanza abrigó Edmund de que fuese a decir algo acerca del desayuno! Pero se había detenido por una razón muy distinta. Un poco más allá, al pie de un árbol, se había formado una alegre francachela: una pareja de ardillas con sus hijos, dos sátiros, un enano y un viejo zorro, todos ellos sentados en banquetas alrededor de una mesa. Edmund no alcanzó a ver lo que comían, pero olía que era una gloria, y el sitio parecía engalanado con acebo, y no hubiera podido asegurarlo, pero creyó ver algo semejante a pudín de ciruelas. En el instante de parar el trineo, el Zorro, que con toda evidencia era el de mayor edad de los presentes, se había puesto de pie, sosteniendo una copa en la mano derecha como si se dispusiera a decir algo. Pero cuando los comensales vieron detenerse el trineo y quién era su ocupante, todo el regocijo desapareció de sus rostros. La ardilla padre dejó de comer, quedándose con el tenedor a medio camino de la boca, y uno de los sátiros se quedó parado con el tenedor a medio camino de ella, y las ardillas niñas chillaron de terror.

—¿Qué significa esto? —preguntó la Bruja Blanca.

Nadie respondió.

—¡Hablad, chusma indecente! —conminó de nuevo—. ¿O queréis que mi enano os encuentre la lengua con su látigo? ¿Qué significa toda esa glotonería, ese derroche, ese desenfreno? ¿De dónde habéis sacado todas esas cosas?

—Con vuestra venia, Majestad —dijo el Zorro—, nos las han regalado. Y si me permitierais el atrevimiento de brindar por la excelente salud de vuestra majestad...

—¿Quién os las ha dado? —repitió la Bruja.

—Pa... Pa... Padre Noel —tartamudeó el Zorro.

—¿Qué? —rugió la Bruja, saltando del trineo y plantándose en cuatro zancadas junto a los aterrorizados animales—. ¡El no ha estado aquí! ¡No puede haber estado aquí! Cómo te atreves... pero no. Di que has mentido y aún estaréis a tiempo de que os perdone.

En ese momento una de las pequeñas ardillas perdió la cabeza por completo.

—¡Ha estado... ha estado... ha estado! —chilló, golpeando la mesa con su cucharilla. Edmund vio a la Bruja morderse los labios a tal punto que apareció una gota de sangre en su tez pálida. Luego levantó su vara.

—¡Oh, no, no, no hagáis eso, por favor! —gritó Edmund, pero no había terminado de gritar cuando ya ella había agitado su vara en el aire en el mismo instante, donde antes había un convite de seres alegres, únicamente quedaron estatuas (una con su tenedor de piedra eternamente detenido a mitad de camino de su boca de piedra) sentadas en torno a una mesa de piedra sobre la que se veían platos de piedra y un pudín de ciruelas de piedra.

—Y tú —dijo la Bruja, propinando a Edmund un bofetón de órdago al tiempo que montaba de nuevo en el trineo—, aprende con esto a no pedir clemencia para espías y traidores. ¡En marcha!

Y Edmund, por primera vez en esta historia, sintió lástima por alguien más que por sí mismo. Daba tanta pena pensar en aquellas figurillas de piedra allí sentadas todos los silenciosos días y todas las oscuras noches, año tras año, hasta que sobre ellas creciera el musgo y finalmente las caras se les hiciesen migas...

Corrían ahora de nuevo con paso firme y regular. Pero pronto notó Edmund que la nieve que les salpicaba, al surcarla veloz el trineo, era mucho más blanda que la de la pasada noche. Al mismo tiempo observó que sentía mucho menos frío. También se estaba levantando algo de niebla. En realidad iba poniéndose el tiempo cada vez más brumoso y templado. Y el trineo ya no se deslizaba y corría con la misma facilidad que hasta entonces. Al principio creyó que sería porque los renos estaban cansados, pero pronto advirtió que no podía ser ése el verdadero motivo. El trineo daba bruscas sacudidas, y patinazos, y traqueteaba constantemente como si chocara con piedras. Y por mucho que el enano fustigara con el látigo a los pobres renos, el trineo avanzaba cada vez más despacio. Parecía

percibirse además un insólito ruido todo alrededor, pero el propio son de la marcha, y el traqueteo, y las voces que daba el enano a los renos, impedían a Edmund identificar lo que era, hasta que de pronto el trineo se atascó tan a fondo que no avanzaba ya de ningún modo posible. Cuando sucedió tal percance, se produjo un momento de silencio. Y en ese silencio Edmund pudo por fin escuchar el otro ruido sin interferencias. Un son extraño, dulce, susurrante, rumoroso, cantarín; y sin embargo no tan extraño, pues ya lo había oído antes... ¡si pudiera recordar dónde! Y a poco, súbitamente, recordó. Era el ruido que hace al correr el agua. Todo en derredor suyo, aunque no a la vista, había corrientes de agua que cantaban, murmuraban, bullían, salpicaban e incluso (en la distancia) rugían estrepitosas. Y le dio un brinco tremendo el corazón (aunque él no supiera muy bien por qué) cuando se percató de que el hielo había desaparecido. Y mucho más cerca se oía un glup, glup de las ramas de todos los árboles. Y luego, mirando a un árbol en particular, vio deslizarse y caer de él una gran carga de nieve, y por primera vez desde que entrara en Narnia distinguió el color verde oscuro de un abeto. Pero no tuvo ocasión de escuchar ni mirar más tiempo, pues la Bruja vociferó:

—¡No te estés ahí mirando las musarañas, imbécil! Apéate y ayuda.

Y naturalmente, Edmund tuvo que obedecer. Se bajó a la nieve —que en realidad no era ya más que fango— y se puso a ayudar al enano a sacar el trineo del atolladero en que se había metido. Lo sacaron por fin, y fustigando con inaudita crueldad a los renos, el enano consiguió ponerlo otra vez en movimiento y avanzaron un poquito más. Pero ahora la nieve se estaba fundiendo ya de veras y a conciencia, y por todas partes comenzaban a aparecer rodales de hierba verde. Si no habéis tenido nunca ocasión de contemplar un mundo de nieve durante tanto tiempo como lo había contemplado

Edmund, mal podréis imaginaros el alivio que aquellos rodales verdes suponían después del blancor interminable. Y el trineo, entonces, se paró de nuevo.

—Es inútil, Majestad —dijo el enano—. Con este deshielo no podemos viajar en trineo.

—Entonces tendremos que ir a pie —dijo la Bruja.

—A pie no los alcanzaremos —gruñó el enano—. ¡Con la delantera que nos llevan!

—¿Eres mi consejero o mi esclavo? —dijo la Bruja—. Haz lo que se te manda. Ata las manos a la espalda a la criatura humana y empuña el extremo de la cuerda. Y coge el látigo. Y quita los aparejos a los renos, que ellos sabrán volver solos a casa.

Obedeció el enano, y pocos minutos después Edmund se veía forzado a caminar, con las manos atadas a la espalda, lo más aprisa que sus fuerzas le permitían. Resbalaba constantemente en la nieve enguachinada, y en el barro, y en la mojada hierba, y a cada resbalón el enano le soltaba un improperio y a veces le arreaba un golpecito con el látigo. La Bruja marchaba detrás del enano y repetía sin tregua:

—¡Más aprisa! ¡Más aprisa!

Cada vez se hacían mayores los rodales de verdor, y los de nieve más pequeños. Cada vez eran más los árboles que se sacudían sus mantos de nieve. Pronto, dondequiera que miraras, en lugar de formas blancas descubrías el verde oscuro de los abetos o las ramas negras y angulosas de olmos, hayas y robles desnudos de follaje. Luego la niebla pasó del blanco al oro, y al poco rato aclaraba por completo. Deliciosos rayos de sol penetraban ahora hasta el suelo del bosque, y allá arriba, entre las copas de los árboles, se veía el cielo azul.

No tardaron en acontecer más prodigios. Al volver un recodo y salir de repente a un claro entre plateados abedules, Edmund vio el suelo alfombrado en todas direcciones de florecillas amarillas: eran celidonias. El ruido de agua se había hecho más estruendoso, y en efecto, poco después cruzaban sobre un torrente. Al otro lado crecían campanillas de invierno.

—¡Tú a lo tuyo! —gritó el enano al ver que Edmund había vuelto la cabeza para mirarlas; y dio un tirón de la cuerda con muy mala intención.

Pero, claro, esto a Edmund no le impedía ver. No más de cinco minutos después descubrió hasta una docena de azafranes que crecían al pie de un árbol añoso: oro, púrpura y blanco. Luego llegó a sus oídos un son más delicioso aún que el del agua. Junto al sendero mismo que seguían, gorjeó de improviso un pájaro en la rama de un árbol. Le respondió el pío retozón de otro pájaro algo más lejos. Y a poco, como si aquello hubiera sido una señal, estalló una orquesta de parloteos y trinos por todas partes, y hubo después un momento de pleno cántico, y no habían transcurrido ni cinco minutos cuando ya el bosque entero vibraba con la música de sus aves, y allí donde Edmund volvía la mirada veía pájaros posándose en ramas, o revoloteando por lo alto, o persiguiéndose unos a otros, o peleando en sus pequeñas trifulcas, o aseándose las plumas con el pico.

—¡Más aprisa! ¡Más aprisa! —gritaba la Bruja.

No había ya ni rastro de niebla. Tornábase el cielo más y más azul, y ahora lo cruzaban nubes blancas y raudas de cuando en cuando. En los grandes claros del bosque crecían prímulas. Se levantó una brisa ligera que hacía desprenderse gotas de agua de las ramas oscilantes y transportaba frescos y exquisitos efluvios hasta las narices mismas de los viajeros. Los árboles comenzaban a revivir de lleno. Los alerces y los abedules se cubrían de verdor, y los laburnos se vestían de oro. No tardaron las hayas en echar sus hojas delicadas y transparentes. Cuando los caminantes pasaban bajo sus frondas, también la luz adquiría tonalidad verde. Una abeja cruzó zumbando por el sendero.

—Esto no es mero deshielo —dijo el enano, parándose de repente—. ¡Esto es la *Primavera!* ¿Qué vamos a hacer? Tu invierno ha quedado destruido, ¡te lo digo yo! Esto es obra de Aslan.

—Si cualquiera de vosotros vuelve a mencionar ese nombre —advirtió la Bruja—, morirá en el acto.

Capítulo XII

EL PRIMER COMBATE
DE PETER

Mientras el enano y la Bruja Blanca decían lo que queda escrito, los Castores y los niños caminaban hora tras hora, a varias leguas de distancia, sumiéndose en lo que les parecía un sueño delicioso. Hacía tiempo que habían dejado atrás los abrigos. Y ahora incluso se habían detenido diciéndose unos a otros cosas como «¡Mira! Un martín pescador», o «¡Fijaos ahí, campánulas!», o «¿Qué era ese olor tan exquisito?», o «¡Escuchad a ese tordo!» Siguieron caminando en silencio, absorbiéndolo todo, y de trechos de cálido sol pasaban a espesuras verdes y frescas, para salir de nuevo a oquedales anchos, tapizados de musgo, donde altos olmos elevaban sus frondas muy por encima de sus cabezas, y luego a tupidos boscajes de groselleros en flor, y cruzando entre matas de espino cuya fragancia era casi irresistible.

Se habían quedado no menos sorprendidos que Edmund cuando vieron desvanecerse el invierno y que el mundo entero pasaba en pocas horas de enero a mayo. No sabían con seguridad (como lo sabía la Bruja) que sería eso lo que sucedería cuando Aslan llegase a Narnia. Pero sí sabían todos que eran los maleficios de la Bruja Blanca los que habían producido el invierno interminable; y, por lo tanto, al desatarse aquella primavera mágica comprendieron todos que algo se había torcido, y muy gravemente, en los designios de la hechicera. Y cuando el deshielo llevaba algún tiempo licuando la nieve, se dieron cuenta de que la Bruja no podría utilizar ya el trineo. Tras lo cual dejaron de apresurarse tanto como antes y se permitieron más descansos y más duraderos. Estaban ya bastante fatigados por entonces, desde luego; mas no lo que diría mortalmente cansados... tan sólo cansinos y con mucho sueño y emperezado el ánimo como suele suceder cuando se llega al final de una larga jornada al aire libre. Susana tenía una ampollita en un talón.

Habían abandonado el curso del río grande hacía algún tiempo, pues uno tenía que desviarse un poquito a la derecha (es decir, hacia el sur) para llegar al sitio donde estaba la Mesa de Piedra. Y aun cuando no hubiera sido ése su camino, no podrían haber continuado por la cuenca del río una vez iniciado el deshielo, ya que con el derretimiento de tanta nieve el río no tardó en crecer y desbordarse —formidable riada de rugidoras aguas amarillas— y el sendero que seguían habría quedado sin duda sumergido.

El sol se acercaba ya a su ocaso, la luz enrojecía, las sombras se alargaban y las flores empezaban a pensar en cerrar sus cálices.

—No falta mucho ya —dijo el señor Castor, y empezó a guiarlos cuesta arriba por un suelo de musgo espeso y mullido (cuánto lo agradecían sus pies cansados), en medio de un paraje donde sólo crecían árboles altos muy separados entre sí. La subida, como remate de la larga jornada, los hizo jadear y resoplar a todos. Y se estaba preguntando justamente Lucy si tendría fuerzas para llegar a la cima sin otro prolongado descanso, cuando hete aquí que de pronto se encontraron en la cima. Y lo que vieron fue lo siguiente.

Se hallaban en un despejado espacio verde desde el que no se dominaba otra cosa que bosque extendiéndose hasta donde alcanzaba la vista en todas direcciones, excepto de frente. Allí, lejos hacia levante, había algo que bullía y centelleaba.

—¡Por vida mía! —exclamó Peter a Susan con un hilo de voz—. ¡El mar!

En el centro mismo de aquella cumbre ancha y despejada estaba la Mesa de Piedra. Era una formidable lancha de piedra gris que sustentaba su mole sobre otras cuatro piedras puestas de pie. Parecía muy antigua, y tenía talladas en toda su superficie extrañas líneas y figuras que bien podrían ser las letras de un lenguaje desconocido. Al mirarlas experimentaba uno cierta curiosa sensación. La siguiente cosa que vieron sus ojos fue una suntuosa tienda de campaña plantada a un lado del referido espacio abierto. Era una tienda realmente admirable —y sobre todo en aquel momento en que la hería de lleno la luz del sol poniente—, con flancos de una textura que parecía rubia seda, y cordajes de grana, y estaquillas de marfil; y sobre ella, en lo alto de un mástil una bandera con un león rampante bordado en rojo ondeaba en la brisa que les acariciaba el rostro desde el lejano mar. Mientras contemplaban todo esto oyeron un son de música a su derecha, y volviéndose en esa dirección vieron lo que habían venido a ver.

Aslan se erguía en el centro de una multitud de criaturas agrupadas a su alrededor en forma de media luna. Había allí doncellas de los árboles y de las fuentes (Dríadas y Náyades como se las suele llamar en nuestro mundo) que tañían instrumentos de cuerda: de ellos provenía la música. Había cuatro grandes centauros. La parte equina de los mismos era como de vigorosos percherones, y la parte humana como de severos pero hermosos gigantes. Había también un unicornio, y un toro con cabeza de hombre, y un pelícano, y un águila, y un enorme Perro. Y junto a Aslan estaban dos leopardos, uno

de los cuales le llevaba la corona y el otro sostenía
su enseña.

Mas por lo que al propio Aslan se refiere,
los Castores y los niños no supieron qué hacer ni
qué decir cuando le vieron. Quienes no han estado
nunca en Narnia piensan a veces que una cosa no
puede ser buena y terrible al mismo tiempo. Si los
niños hubieran pensado alguna vez tal cosa, habrían salido ahora de su error. Porque cuando
intentaron mirar a Aslan a la cara, alcanzaron apenas a entrever la dorada melena y los ojos grandes,
regios, augustos, irresistibles; luego comprobaron
que no podían mirarle y se echaron a temblar.

—Adelante —musitó el señor Castor.

—No —susurró Peter—, usted primero.

—No, los Hijos de Adán antes que los animales —musitó de nuevo el señor Castor.

—Susan —susurró Peter—, ¿por qué no tú?
Las damas en primer lugar.

—No, tú eres el mayor —musitó Susan. Y
naturalmente, cuanto más tiempo pasaban en esto
más torpes se sentían. Al fin Peter acabó por comprender que era a él a quien correspondía actuar.
Desenvainó su espada y la alzó a modo de saluta-
ción, y diciendo apresuradamente a los otros: «Vamos. Venid todos juntos», se adelantó hasta el León
y dijo:

—Aquí estamos... Aslan.

—Bienvenido seas, Peter, Hijo de Adán —dijo
Aslan—. Bienvenidas, Susan y Lucy, Hijas de Eva.
Bienvenidos, señor y señora Castor.

Su voz era profunda y bien entonada y en
cierta manera los tranquilizó. Ahora se sentían alegres y serenos y ya no les parecía torpeza estarse allí
parados sin decir nada.

—Pero ¿dónde está el cuarto? —preguntó
Aslan.

—Ha intentado traicionarnos y se ha unido
a la Bruja Blanca, oh Aslan —repuso el señor Castor. Y algo movió luego a Peter a decir:

—En parte fue culpa mía, Aslan. Estaba indignado con él y creo que eso le ayudó a descarriarse.

Y Aslan no dijo nada ni como disculpa para Peter ni como inculpación, limitándose a mirarle con sus grandes ojos imperturbables. Y a todos les pareció que no había nada que decir.

—Por favor, Aslan —dijo Lucy—, ¿no puede hacerse algo para salvar a Edmund?

—Todo se hará —respondió Aslan—. Pero acaso resulte más difícil de lo que piensas.

Y volvió a quedar en silencio durante algún tiempo. Hasta ese momento Lucy había estado considerando la majestad, fortaleza y placidez de su rostro; ahora de pronto se le ocurrió que presentaba también cierto aire triste. Pero al minuto siguiente esa expresión había desaparecido por completo. El León sacudió la melena, dio una palmada con sus garras («Terribles garras», pensó Lucy, «si no supiera esconder las uñas y acolcharlas») y dijo:

—Entretanto, que preparen el festín. Señoras, llevaos a las Hijas de Eva al pabellón real y agasajadlas.

Cuando se fueron las niñas, Aslan puso su zarpa —que aun replegadas sus uñas era de un peso considerable— sobre el hombro de Peter y dijo:

—Ven, Hijo de Adán, y te mostraré una vista lejana del castillo donde has de ser Rey.

Y Peter, con la espada desnuda todavía en la mano, fue con el León hasta el borde oriental de la elevada meseta. Allí se ofreció a sus ojos un hermoso panorama. El sol se ponía en aquel momento a sus espaldas, con lo que todo el paisaje que se extendía a sus pies quedaba inmerso en la luz de la anochecida: bosque, y oteros, y valles, y, ondulando como una serpiente de plata, todo el tramo inferior del río grande. Y aún más allá, a leguas de distancia, estaba el mar, y allende el mar el cielo, lleno de nubes que adquirían tonalidades rosadas con el reflejo del ocaso. Pero justo donde el territorio de

Narnia lindaba con el mar —de hecho, en la desembocadura del río grande—, había algo, erigido sobre un montículo, que brillaba esplendoroso. Y brillaba así porque era un castillo, y naturalmente el sol arrancaba reflejos a todas las ventanas que miraban hacia Peter y el poniente. Pero a Peter se le antojaba una inmensa estrella descendida sobre la orilla del mar.

—Aquello, oh Hombre —dijo Aslan—, es Cair Paravel el de los cuatro tronos, en uno de los cuales te sentarás tú como Rey. Te lo enseño a ti porque tú eres el primogénito y serás el Rey Supremo sobre los demás.

Y una vez más guardó Peter silencio, pues en ese instante un extraño sonido turbó súbitamente la calma y despertó los ecos. Era como un clarín, pero más melodioso.

—Es el cuerno de tu hermana —dijo Aslan a Peter en voz baja; tan baja que casi parecía un ronroneo, si no es irrespetuoso pensar que pueda ronronear un León.

Por un momento Peter no comprendió. Luego, cuando vio a todas las demás criaturas abalanzarse hacia adelante y oyó a Aslan decir con un significativo ademán de su zarpa: «¡Atrás! Dejad que el Príncipe gane la dignidad de caballero», comprendió en el acto, y echó a correr hacia el pabellón real con todas las fuerzas que sus piernas le permitían. Allí se encontró con un espectáculo terrible.

Náyades y Dríadas se dispersaban en todas las direcciones. Lucy corrió hacia él con toda la rapidez de sus piernecitas de niña, pálido el semblante como la cera. Luego vio a Susan precipitarse hacia un árbol y encaramarse a él, perseguida por un enorme animal gris. Al principio creyó Peter que se trataba de un oso. Luego vio que parecía un pastor alemán, aunque era demasiado grande para ser un perro. Finalmente advirtió que era un lobo: un lobo erguido sobre sus patas traseras, apoyadas las delanteras en el tronco del árbol, tirando mordiscos y gruñendo. Tenía erizado todo el pelo del lomo. Susan no había conseguido trepar más arriba de la segunda rama gruesa, y una de sus piernas quedaba colgando de forma que el pie se hallaba a sólo una pulgada o dos de los encarnizados dientes. Preguntábase Peter por qué no habría subido su hermana más alto o al menos se habría agarrado mejor. Luego se dio cuenta de que estaba a punto de desmayarse, y si se desmayaba se caería.

Peter no se sentía muy valiente; en realidad le daba la impresión de que iba a marearse. Pero eso no importaba para lo que tenía que hacer. Se abalanzó derecho contra el monstruo y le tiró una estocada al costado. Aquella estocada no alcanzó al Lobo, que se volvió, veloz como el rayo, echando lumbre por los ojos y abiertas las fauces en un aullido de furia incontenible. Si su furia no hubiera sido tanta y no se hubiera demorado en aullar habría atenazado a su atacante por el cuello inmediatamente. Pero tal como sucedieron las cosas —aunque ocurrió todo demasiado súbito para que Peter pensara en ello—, tuvo éste el tiempo justo de agacharse y hundir su espada, con todas las fuerzas que pudo, entre las patas delanteras del bruto, en busca de su corazón. Siguió entonces un momento de confusión horrible como si sucediera todo en una pesadilla. Peter daba tirones desesperados y el Lobo no parecía ni vivo ni muerto. Sus dientes y colmillos fueron a toparle de lleno en la frente, y todo era sangre, y pelo, y calor animal. Un instante después comprobaba que el monstruo yacía muerto en tierra, y él había sacado la espada de su cuerpo, y enderezaba el torso, y, con la mano vuelta, se enjugaba el sudor de la cara y los ojos. Se sentía cansado de la cabeza a los pies.

Al poco rato bajó Susan del árbol. Peter y ella se sentían muy enervados y temblorosos cuando se reunieron, y no voy a decir que no hubo allí besos y lágrimas por ambos lados. Pero, en Narnia, esas cosas nadie se las toma a uno a mal.

—¡Pronto! ¡Pronto! —clamó la voz de Aslan—, ¡Centauros! ¡Aguilas! Veo otro lobo entre
los matorrales. Allí... detrás de vosotros. Acaba de
salir huyendo como una exhalación. ¡Dadle caza,
corred todos tras él! Irá con el cuento a su ama.
Ahora tenéis oportunidad de encontrar a la Bruja y
rescatar al cuarto Hijo de Adán.

Y en el acto mismo, con un tronar de cascos
y batir de alas, doce o catorce de las más veloces
criaturas desaparecieron en la oscuridad, que iba
espesándose por momentos.

Peter, todavía sin aliento, volvió el rostro y
vio a Aslan junto a él.

—Has olvidado limpiar la espada —dijo Aslan.

Era cierto. Peter se sonrojó cuando miró la
reluciente hoja y la vio toda sucia de sangre y pelo
del Lobo. Se agachó y la frotó contra la hierba
hasta dejarla totalmente limpia, secándola luego
con su abrigo.

—Dámela y arrodíllate, Hijo de Adán —dijo
Aslan. Y cuando Peter obedeció su orden, le dio un
espaldarazo con la hoja de plano y añadió—: Le-
vántate, Sir Peter, Aniquilador del Lobo. Y, suceda
lo que suceda, jamás te olvides de limpiar tu espada.

Capítulo XIII

MAGIA PROFUNDA DEL ALBA DE LOS TIEMPOS

Ahora hemos de volver a Edmund. Se había visto ya forzado a caminar muchísimo más de lo que nunca hubiera creído que pudiese caminar nadie, cuando la Bruja hizo alto por fin en un oscuro valle todo él sombreado de tejos y abetos. Edmund se dejó caer sin más al suelo y se quedó tumbado boca abajo sin hacer nada en absoluto y sin preocuparse siquiera de lo que fuera a suceder a continuación con tal que le dejaran descansar tranquilo. Estaba demasiado cansado para notar el hambre y la sed que tenía. La Bruja y el enano conversaban a media voz a su lado mismo.

—No —decía el enano—, de nada sirve ya, oh Reina. A estas horas deben de haber llegado ya a la Mesa de Piedra.

—Quizá el Lobo nos descubra por el olfato y nos traiga noticias —dijo la Bruja.

—Si así lo hace, no podrán ser noticias buenas —dijo el enano.

—Cuatro tronos en Cair Paravel —dijo la Bruja—. ¿Y si sólo se ocuparan tres? De ese modo no se cumpliría la profecía.

—¿Y eso qué podría importar, ahora que está *Él* aquí —objetó el enano. Ni aun ahora se atrevía a mencionar el nombre de Aslan a su señora.

—Tal vez no se quede mucho tiempo. Y

entonces... caeríamos nosotros sobre los tres, en Cair.

—Pero de todos modos —dijo el enano— quizá nos tenga más cuenta conservar a éste (y dio una patada a Edmund) como rehén para negociar.

—¡Sí! Y pedir un rescate —exclamó la Bruja con desdén.

—Entonces —dijo el enano— más vale que hagamos enseguida lo que tengamos que hacer.

—Me gustaría que se hiciera en la Mesa de Piedra misma —dijo la Bruja—. Es el sitio adecuado. Ahí es donde se ha hecho siempre.

—Va a pasar mucho tiempo ahora antes de que se pueda restituir a la Mesa de Piedra su uso adecuado —dijo el enano.

—Es cierto —dijo la Bruja, y luego—: Bien, empezaré...

En ese momento se llegó hasta ellos un Lobo, resoplando en su carrera precipitada, y dijo con un gruñido:

—Los he visto. Están todos en la Mesa de Piedra, con Él. Han matado a mi capitán, Maugrim. Yo estaba escondido en la espesura y lo vi todo. Uno de los Hijos de Adán lo mató. ¡Huid! ¡Huid!

—No —dijo la Bruja—. No hay por qué huir. Ve a toda prisa. Convoca a todos los nuestros que se reúnan aquí conmigo lo más rápidamente que puedan. Llama a los gigantes y a los licántropos y a los espíritus de los árboles que están de nuestro lado. Llama a los Vampiros y a los Lémures, a los Ogros y los Minotauros. Llama a los Crueles, a las Tarascas, a los Espectros y a la grey de los Hongos Venenosos. Lucharemos. ¿Qué? ¿No tengo todavía mi vara? ¿No se convertirán sus filas en piedra antes de poder llegar a nosotros? Sal a escape, tengo una cosita que terminar aquí antes de que vuelvas.

El enorme animal inclinó la cabeza, dio media vuelta y partió al galope.

—¡Manos a la obra! —dijo la Bruja—; no tenemos mesa... voy a ver. Más vale que le pongamos contra el tronco de un árbol.

Edmund se vio rudamente obligado a levantarse. Luego el enano le acomodó con la espalda recostada en el tronco de un árbol y le ató fuertemente. Vio a la Bruja quitarse el manto regio. Debajo aparecieron sus brazos desnudos y terriblemente blancos. Los veía por ser tan blancos como eran, pero no podía ver mucho más, de tan oscuro como estaba en aquel valle bajo los umbríos árboles.

—Prepara a la víctima —dijo la Bruja. Y el enano desabrochó el cuello de la camisa de Edmund y remangó ésta hacia atrás en la nuca. Después agarró a Edmund por los pelos y le echó hacia atrás la cabeza, de suerte que le obligó a levantar la barbilla. A continuación, Edmund percibió un ruido extraño: uizz... uizzz... uizzz. Por un momento no supo colegir lo que era. Luego comprendió. Era el ruido que se hace al afilar un cuchillo.

En ese mismo momento oyó fuertes gritos que venían de todas las direcciones... un redoblar de pezuñas y un batir de alas... un agudo chillido de la Bruja... confusión todo a su alrededor. Y a poco se dio cuenta de que le estaban desatando. Le enlazaron unos brazos vigorosos y oyó amables vozarrones que decían cosas como:

—Tendedle en el suelo, que descanse... dadle un poco de vino... bebe esto... te repones ya... en un minuto estarás perfectamente.

Luego oyó voces de gentes que hablaban, pero no a él, sino unos con otros. Y decían cosas por este tenor:

—¿Quién tiene a la Bruja?

—Yo creía que la habías atrapado tú.

—Después de arrancarle el cuchillo de la mano ya no la he vuelto a ver... salí tras del enano... ¿quieres dar a entender que se ha escapado?

—Uno no puede estar en todo al mismo tiempo... ¿eso qué es? ¡Oh, lo siento, no es más que un tocón viejo!

Pero en ese mismo punto Edmund perdió la conciencia en un profundo desmayo.

Sin más tardanza, centauros y unicornios y ciervos y aves (pues no eran otros, claro está, que la partida de rescate enviada por Aslan en el último capítulo), emprendieron la marcha de regreso a la Mesa de Piedra, llevándose a Edmund consigo. Pero si hubieran visto lo que sucedió en aquel valle después de su marcha, creo que se habrían llevado una buena sorpresa.

Reinaba una calma absoluta, y a poco se mostró la luna toda resplandeciente. Si hubierais estado allí habríais visto brillar la luz de la luna en un viejo tocón de árbol y en un peñasco de regular tamaño. Pero si hubierais seguido, mirando, poco a poco habríais empezado a pensar que aquel tocón y aquella peña tenían algo de particular y de raro. Y enseguida habríais pensado que el tocón, en realidad, se parecía muchísimo a un hombrecillo gordo y achaparrado en cuclillas en el suelo. Y si hubierais seguido observando tiempo suficiente habríais visto al tocón acercarse y al peñasco incorporarse y ponerse a hablar con el tocón; pues en realidad tocón y peñasco no eran otra cosa que la Bruja y el enano. Y es que entre las artes de la Reina Blanca estaba la virtud de hacer que las cosas pareciesen lo que no son, y tuvo la presencia de ánimo de obrar tal hechizo en el momento mismo en que le arrancaba el cuchillo de la mano. No había soltado la vara, de modo que también la conservaba intacta.

Cuando los otros niños despertaron a la mañana siguiente (habían dormido sobre montones de cojines en la tienda de campaña) lo primero que oyeron —a la señora Castor— fue que su hermano había sido rescatado y lo habían traído al campamento la pasada noche ya muy tarde; y en ese momento se encontraba con Aslan. En cuanto hubieron desayunado salieron todos y, en efecto, vieron a Aslan y a Edmund paseando juntos por la hierba húmeda de rocío, apartados del resto de la corte. No es menester deciros (y nadie llegó a saberlo) lo que estaba diciendo Aslan, pero fue una conversación que Edmund jamás olvidó. Cuando ya los otros se acercaban, Aslan se volvió para salirles al encuentro, llevando a Edmund consigo.

—Aquí está vuestro hermano —dijo—, y... no hay por qué hablarle acerca de lo pasado.

Edmund estrechó la mano a todos los demás y fue diciendo a cada uno de ellos: «Lo siento», y uno tras otro dijeron: «No te preocupes, no tiene importancia». Y luego cada cual deseó con toda su alma decir algo que dejara perfectamente claro que todos volvían a ser uña y carne con él —cosa normal y natural sin duda— y, por supuesto, a ninguno se le ocurrió nada en absoluto que decir. Pero antes de darles tiempo a sentirse abochornados por su torpeza, uno de los leopardos se acercó a Aslan y dijo:

—Majestad, hay un mensajero del enemigo que pide insistentemente audiencia.

—Que se acerque —dijo Aslan.

El leopardo se alejó y no tardó en volver con el enano de la Bruja.

—¿Qué mensaje traes, Hijo de la Tierra? —preguntó Aslan.

—La Reina de Narnia y Emperatriz de las Islas Solitarias desea un salvoconducto para venir a hablar contigo —dijo el enano— sobre un asunto que es tan ventajoso para ti como para ella.

—¡Reina de Narnia, sí, sí! —exclamó la señora Castor—. ¡Hace falta cara dura!

—Calma, señora Castor —dijo Aslan—. Pronto restituirán todos los nombres a quienes justamente corresponden. Entretanto no disputemos por ellos. Di a tu ama, Hijo de la Tierra, que le otorgo el salvoconducto a condición de que deje su vara tras ella en aquel roble grande.

Se aceptó la condición, y dos leopardos volvieron con el enano para hacaer que ésta se cumpliera al pie de la letra.

—¿Pero y si convierte a los dos leopardos en piedra? —preguntó Lucy a Peter en voz baja. Creo que la misma idea se les había ocurrido a los leopardos; el caso es que cuando se alejaban llevaban erizado todo el pelo del lomo y de la cola, igual que hace un gato cuando ve a un perro ajeno.

—Todo saldrá bien —respondió Peter en un susurro—. Si no, no los enviaría.

Pocos minutos después la propia Bruja en persona aparecería en la cima del monte, avanzaba en línea recta y se detenía delante de Aslan. Los tres niños que la veían por vez primera sintieron escalofríos en las vértebras a la vista de su rostro, y se oyeron sordos gruñidos entre todos los animales allí presentes. Aunque lucía el sol radiante, todos sintieron frío de pronto. Los dos únicos circunstantes que parecían totalmente sosegados eran Aslan y la propia Bruja. Resultaba de lo más insólito que se podía ver, aquellas dos caras —la cara del color del oro y la blanca como la muerte— tan cerca y tan juntas. Aunque la Bruja no mirase a Aslan exactamente a los ojos; detalle que no dejó de advertir la señora Castor en particular.

—Tienes ahí un traidor, Aslan —dijo la Bruja. Todos los presentes supieron que se refería a

Edmund, claro. Pero Edmund había dejado de pensar en sí mismo después de todo lo que había sufrido y después de la conversación que había tenido aquella mañana. Siguió mirando a Aslan y eso fue todo. No parecía importar lo que dijera la Bruja.

—Bueno —dijo Aslan—. Su agravio no fue contra ti.

—¿Has olvidado la Magia Profunda? —preguntó la Bruja.

—Supongamos que la he olvidado —respondió Aslan con gravedad—. Háblanos de esa Magia Profunda.

—¿Hablarte a ti? —inquirió la Bruja, con voz súbitamente más chillona—. ¿Decirte lo que está escrito en esa misma Mesa de Piedra que tenemos delante? ¿Decirte lo que está escrito en letras grabadas a la profundidad de una lanza en los pedernales del Monte Secreto? ¿Decirte lo que está esculpido en el cetro del Emperador de Ultramar? Por lo menos conoces la magia que el Emperador implantó en Narnia en el comienzo de los tiempos. Sabes que todo traidor me pertenece como presa legítima y que por cada traición tengo derecho a un sacrificio.

—Ah, claro —dijo el señor Castor—, entonces así es como llegaste a imaginarte Reina... porque eras el verdugo del Emperador. Ya entiendo.

—Calma, Castor —pidió Aslan, con un gruñido muy por lo bajo.

—Y por eso mismo —continuó la Bruja—, esa criatura humana es mía. Su vida se me debe como prenda. Su sangre me pertenece en derecho.

—Pues ven y tómala —dijo el toro con cabeza de hombre, con tremenda voz mugidora.

—Insensato —dijo la Bruja con una sonrisa feroz, casi un gruñido—, ¿de verdad crees que tu amo puede despojarme de mis derechos a viva fuerza? Conoce la Magia Profunda muy bien para hacer eso. Sabe que a menos que yo obtenga sangre

como dice la Ley, toda Narnia se vendrá abajo y
perecerá por fuego y agua.

—Es la pura verdad —dijo Aslan—. No lo
niego.

—¡Oh, Aslan! —musitó Susan al oído del
león—. No podemos... quiero decir, no irás a hacer
eso, ¿verdad que no? ¿No podemos hacer algo con
lo de la Magia Profunda? ¿No hay algo que puedas
obrar contra ella?

—¿Obrar contra la Magia del Emperador?
—inquirió Aslan, volviéndose hacia la niña con una
cierta expresión ceñuda. Y nadie volvió a hacerle
una insinuación semejante.

Edmund se hallaba al otro lado de Aslan, sin
dejar de mirarle a la cara ni un solo momento.
Tenía una sensación de ahogo, y se preguntó si
debería decir algo; pero un momento después tuvo
la impresión de que no se contaba con que él
hiciera nada, salvo esperar y cumplir lo que se le
mandara.

—Echaos todos atrás —dijo Aslan—, y yo
hablaré con la Bruja a solas.

Obedeció todo el mundo. Fue un rato terrible, allí esperando y haciendo conjeturas mientras
el León y la Bruja conversaban aparte muy seria-
mente en voz baja. Lucy dijo: «¡Oh, Edmund!», y se

echó a llorar. Peter, de espaldas a los demás, contemplaba el mar distante. Los Castores aguardaban cogidos de la mano, la cabeza gacha. Los centauros piafaban inquietos. Pero al final quedaron todos en una inmovilidad absoluta, de manera que podían percibirse hasta ruidos mínimos, como el de un abejón que pasaba volando, o los pájaros allá abajo en el bosque, o el viento que hacía susurrar las hojas. Y la conversación entre Aslan y la Bruja Blanca proseguía.

Al fin oyeron la voz de Aslan.

—Podéis volver todos —dijo—. He llegado a un arreglo. Ella ha renunciado a su reclamación de la sangre de vuestro hermano.

Y en el cerro cundió entonces un ruido como si todo el mundo hubiera estado conteniendo la respiración y hubiese comenzado a respirar de nuevo, y luego un murmullo de conversación.

La Bruja se retiraba ya en ese momento con una expresión de torva alegría en el semblante cuando se detuvo y dijo:

—¿Pero cómo puedo saber yo que se cumplirá esta promesa?

—¡Haaaaarrrrrj! —rugió Aslan, medio levantándose de su trono; y su enorme boca se abrió más y más, y el rugido se hizo más y más fuerte, y la Bruja, tras mirar un momento atónita y boquiabierta, se recogió las faldas y salió corriendo lindamente temerosa por su vida.

Capítulo XIV

EL TRIUNFO DE LA BRUJA

En cuanto se fue la Bruja dijo Aslan:

—Tenemos que irnos de aquí enseguida; este sitio se va a necesitar para otros fines. Acampemos esta noche en los Vados de Beruna.

Todos se morían de ganas de preguntarle cómo había arreglado las cosas con la Bruja, claro; pero estaba muy serio, y aún resonaba en los oídos de todos el fragor de su rugido, de manera que nadie se atrevió.

Después de una comida, que tomaron al aire libre en la cima del cerro (pues el sol había cobrado fuerza para entonces y secado la hierba), pasaron un rato atareados desmontando la tienda de campaña y recogiendo bártulos. Antes de las dos estaban en marcha y tomaron una dirección nordeste, caminando con paso sosegado porque no tenían que ir lejos.

Durante la primera parte del viaje, Aslan explicó a Peter su plan de campaña.

—Tan pronto como haya concluido el asunto que la trae por aquí —dijo—, la Bruja y su banda volverán casi con toda seguridad a su casa y se prepararán para un asedio. Tú quizá consigas, o tal vez no, cortarle la retirada e impedirle que llegue a su palacio. —Luego prosiguió trazando dos planes de batalla: uno para combatir con la bruja y su tropa en el bosque y otro para asaltar su castillo. Y en todo momento aconsejaba a Peter sobre el modo de dirigir las operaciones, diciendo cosas como: «Debes situar tus Centauros en tal y tal punto», o «Debes apostar batidores que vean que ella no hace esto y lo de más allá...»

Hasta que al fin Peter dijo:

—Pero estarás allí tú mismo, Aslan.

—Eso no puedo prometértelo —repondió el León. Y continuó dando a Peter sus instrucciones.

En la última parte de la jornada fueron Susan y Lucy quienes más le vieron. No hablaba mucho, y a ellas les parecía que estaba triste.

Aún no había empezado a caer la tarde cuando descendieron a un paraje donde el valle del río se ensanchaba y la corriente era también ancha y de poco fondo. Aquello era los Vados de Beruna y Aslan dio órdenes de detenerse en el lado de acá del agua. Pero Peter dijo:

—¿No será mejor acampar en la orilla opuesta... por temor a que ella intente un ataque nocturno o algo así?

Aslan, que parecía estar pensando en otra cosa, preguntó con un sacudimiento de su espléndida melena.

—¿Eh? ¿Qué?

Peter lo repitió del principio al fin.

—No —dijo Aslan con voz indiferente, como si la cosa no tuviera importancia—. No. Ella no lanzará un ataque esta noche. —Y suspiró profundamente. Pero luego añadió—: De todos modos estaba bien pensado. Así es como debe pensar un militar. Pero en realidad da lo mismo. —Conque prosiguieron con la instalación de su campamento.

El humor de Aslan afectó a todos aquella tarde. Peter se sentía incómodo también ante la idea de tener que librar la batalla él solo. La noticia de que Aslan pudiera no estar a su lado le había producido una tremenda impresión. La cena ese día fue una cena silenciosa. Todo el mundo percibía lo distinto que había sido la pasada noche o incluso aquella misma mañana. Era como si los buenos tiempos, que no habían hecho más que empezar, se acercaran a su fin.

Este sentimiento afectó tanto a Susan que cuando se fue a la cama no podía conciliar el sueño. Y después de haber contado ovejas y dado vueltas y más vueltas oyó exhalar a Lucy un largo suspiro y se acercó a ella en la oscuridad.

—¿Tampoco tú puedes dormir? —preguntó Susan.

—No —respondió Lucy—. Pensaba que estabas dormida... ¡Oye, Susan!

—¿Qué?

—Tengo una sensación de lo más horrible... como si algo tremendo nos aguardara.

—¿De verdad la tienes? Porque, si quieres que te diga, también la tengo yo.

—Es algo relativo a Aslan —dijo Lucy—. O algo espantoso que le va a suceder, o algo que va a hacer él.

—Se ha visto toda la tarde que le ocurre algo extraño —dijo Susan—. ¡Lucy! ¿Qué fue lo que dijo de que no iba a estar con nosotros en la batalla? No pensarás que podría escabullirse y abandonarnos esta noche, ¿eh?

—¿Dónde está ahora? —inquirió Lucy—. ¿Está en la tienda de campaña?

—No creo.

—¡Susan! Vamos a salir a dar un vistazo. A lo mejor le vemos.

—De acuerdo. Salgamos —dijo Lucy—; para estar aquí despiertas lo mismo da que hagamos eso.

Muy sigilosamente las dos niñas se abrieron camino a tientas entre los demás durmientes y salieron de la tienda. Brillaba la luna y todo estaba en silencio, salvo el rumor del río cotorreando sobre las piedras. Entonces Lucy agarró a Susan del brazo y dijo: «¡Mira!» En el lado opuesto del campamento, justo donde empezaban los árboles, vieron al León que se alejaba con paso lento y se internaba en el bosque. Y sin decir palabra le siguieron.

Subió, y ellas detrás, por la empinada ladera del valle del río, y luego se desvió ligeramente a la derecha: al parecer el mismo camino que habían recorrido a la inversa esa tarde viniendo del Cerro de la Mesa de Piedra. Le siguieron y le siguieron, penetrando en negras umbrías y saliendo de nuevo a claros de luna, empapados los pies del copioso rocío. Tenía un aspecto algo distinto del Aslan que ellas conocían. Llevaba la cola fláccida, y la cabeza gacha, y caminaba despacio como si estuviera muy, muy cansado. Entonces, al atravesar un ancho calvero donde no tenían sombras en que ocultarse, el León se detuvo y miró atrás. De nada habría servido tratar de huir, de modo que echaron a andar hacia él. Cuando ya estaban cerca les dijo:

—¡Oh, niñas, niñas! ¿Por qué me seguís?

—No podíamos dormir —dijo Lucy... y entonces tuvo la seguridad de que no necesitaba decir más y que Aslan sabía todo lo que habían estado pensando.

—Por favor, ¿podemos ir contigo... adondequiera que vayas? —preguntó Susan.

—Bien... —dijo Aslan, y pareció quedarse pensando. Luego añadió—: Me alegraría tener compañía esta noche. Sí, podéis venir, si me prometéis deteneros cuando yo os diga y dejarme después que siga solo.

—Oh, gracias, gracias. Lo prometemos —dijeron las dos niñas.

Reanudaron pues la marcha y las niñas caminaban cada una a un lado del León. ¡Pero qué despacio andaba! Tan gacha la cabeza, su imponente majestuosa cabeza, que casi tocaba la hierba con el hocico. Poco después tropezó y dejó oír un leve gemido.

—¡Aslan! ¡Querido Aslan! —dijo Lucy—, ¿qué ocurre de malo? ¿No puedes decírnoslo?

—¿Estás enfermo, querido Aslan? —preguntó Susan.

—No —repuso él—. Estoy triste y solo. Ponedme las manos en la melena para que os sienta más cerca y caminemos juntos de ese modo.

Y así las niñas hicieron lo que jamás se habrían atrevido a hacer sin su permiso, pero que habían tenido muchísimas ganas de hacer desde que le vieron: sepultar sus frías manos en el hermoso mar de pelo, y acariciarlo, y mientras lo acariciaban caminar a su lado. No tardaron en advertir que estaban ascendiendo con él por la falda del cerro donde se encontraba la Mesa de Piedra. Subieron hasta la linde más alta donde alcanzaban los árboles, y cuando llegaron al último (uno que tenía matorrales alrededor), Aslan se detuvo y dijo:

—Oh, niñas, niñas. Aquí debéis deteneros. Y pase lo que pase, no dejéis que os vean. Adiós.

Las dos rompieron a llorar con desconsuelo (aunque no sabían muy bien por qué) y se abrazaron al León, y le besaron en la melena, en el hocico, en las zarpas y en los ojos grandes y tristes. Luego Aslan se apartó de ellas y salió a la cima del cerro. Y Lucy y Susan, acurrucadas en los matorrales, le siguieron con la mirada, y he aquí lo que vieron.

Una gran multitud estaba congregada alrededor de la Mesa de Piedra, y aunque lucía la luna, muchos empuñaban antorchas que ardían con siniestras llamas rojas y humo negro. ¡Pero qué tipos! Ogros con dientes monstruosos, plantas venenosas... Y otras criaturas que no voy a describir porque si lo hiciera probablemente los mayores no os dejarían leer este libro: Furias, Tarascas, Íncubos, Espectros, Horrores, Afriets, Larvas, Gorgonas, Lémures y Cíclopes. En realidad, estaban allí todos cuantos se alineaban del lado de la Bruja y a quienes había convocado el Lobo por orde suya. Y justo en medio de ellos, en pie junto a la Mesa, se hallaba la Bruja misma.

Un alarido y un ruidoso murmullo de consternación cundieron entre aquellas criaturas cuando vieron aparecer al formidable León caminando lentamente hacia ellas, y por un momento hasta la Bruja pareció sobrecogida de temor. Luego se recobró y profirió una risotada salvaje y cruel.

—¡El tonto! —exclamó—. El tonto ha venido. Atadlo bien.

Lucy y Susan contuvieron la respiración en espera del rugido de Aslan y su salto sobre los enemigos. Pero no sucedió tal cosa. Cuatro Tarascas, con sonrisas forzadas y miradas de reojo, pero también (al principio) titubeantes y medio temerosas de lo que iban a hacer, se le habían aproximado.

—¡Atadlo, he dicho! —repitió la Bruja Blanca.

Las Tarascas se abalanzaron sobre él y gritaron triunfantes cuando hallaron que no oponía resistencia alguna. Otros después —gnomos maléficos y grandes monos— corrieron solícitos a ayudarlas, y entre todos tendieron al corpulento León de espaldas y le ataron las cuatro zarpas juntas, vociferando y jaleando como si hubieran realizado un acto valeroso, aunque, de haberlo querido el León, una sola de aquellas zarpas podría haber sido la muerte de todos ellos. Pero él no hizo el menor ruido, ni siquiera cuando los enemigos, tensando y tirando con todas sus fuerzas, apretaron tanto las cuerdas que se le clavaron en la carne. Luego se pusiron a arrastrarlo hacia la Mesa de Piedra.

—¡Alto ahí! —ordenó la Bruja—. Que lo esquilen antes.

Otro alarido de risa soez se alzó entre los adeptos de la Bruja Blanca cuando un ogro, armado de tijeras, se adelantó y se agachó junto a la cabeza de Aslan. Tris-tras-tris-tras, sonaron las tijeras, y empezaron a caer al suelo grandes madejas de

oro en bucles. Luego el ogro se retiró y las niñas, desde su escondite, pudieron ver la cara de Aslan, empequeñecida y diferente ahora sin su melena. Los enemigos también advirtieron la diferencia.

—¡Toma, si no es más que un gato grande, a fin de cuentas! —clamó uno.

—¿Y es de *eso* de lo que teníamos miedo? —inquirió otro.

Y bulleron todos alrededor de Aslan, mofándose de él, diciendo cosas como: «¡Michino, Michino! Pobre Michino», y «¿Cuántos ratones has cazado hoy, Gato?», y «¿Te apetecería un platito de leche, Morrongo?»

—¡Oh! ¿Cómo pueden hacerle eso? —gimió Lucy, corriéndole las lágrimas por las mejillas—. ¡Infames, infames! —Pues ahora que la primera conmoción había pasado, la cara trasquilada de Aslan les parecía más bizarra, y más hermosa, y más paciente que nunca.

—¡Ponedle bozal! —ordenó la Bruja.

Y aun entonces, según trajinaban en torno a sus fauces ajustando el bozal, una sola tarascada les habría costado a dos o tres las manos. Pero él no se movió lo más mínimo. Y eso parecía sacar de quicio a toda aquella chusma. Todos se metían con él ahora. Los que habían tenido miedo de acercársele aun después de estar atado y empezaban a sentirse valientes, y durante unos minutos las dos niñas no alcanzaron a verle: tan compactamente se hallaba rodeado por toda la turba de monstruos, que le pateaban, le pegaban, le escupían y hacían escarnio de él.

Al fin la chusma se cansó de aquello. Comenzaron a arrastrar al León, atado y abozalado, hacia la Mesa de Piedra, unos tirando y otros empujando. Era tan corpulento que cuando le tuvieron al pie de ella les costó los mayores esfuerzos levantarlo en vilo y tenderlo sobre su superficie. Allí se siguieron nuevas ataduras y atirantamiento de cuerdas.

—¡Cobardes! ¡Cobardes! —sollozaba Susan—. ¿*Todavía* tienen miedo de él, aun así como está?

Una vez que Aslan estuvo bien amarrado (y de tal suerte que era en realidad un amasijo de cuerdas) a la piedra plana, en la muchedumbre se hizo el silencio. Cuatro Tarascas, sosteniendo sendas antorchas, permanecían plantadas junto a las esquinas de la Mesa. La Bruja se remangó los brazos como hiciera la noche anterior cuando se trataba de Edmund en lugar de Aslan. A continuación se puso a afilar el cuchillo. Parecíales a las niñas, cuando hería su hoja el resplandor de las antorchas, como si aquel cuchillo estuviera hecho de piedra, no de acero, y era de una forma extraña y siniestra.

Finalmente, se acercó a la Mesa. Se detuvo junto a la cabeza de Aslan. Su rostro gesticulaba y se crispaba de pasión, pero el de su víctima miraba al cielo, sereno e inmóvil, ni airado ni temeroso, aunque un poco triste. Y entonces, un momento antes de descargar el golpe, la Bruja se inclinó y dijo con voz trémula:

—¿Y ahora, quién ha vencido? Tonto, ¿creías que con todo esto ibas a salvar al traidor humano? Ahora voy a matarte a ti en su lugar conforme a nuestro pacto para cumplir los dictados de la Magia Profunda y aplacar sus iras. Pero cuando estés muerto, ¿qué va a impedirme matarle también a él. ¿Y quién me lo quitará de las manos entonces? Comprende que me has entregado Narnia para siempre, has perdido la vida y no has salvado la suya. Sabedor de ello, desespérate y muere.

Las niñas no vieron el momento real del sacrificio. No podían soportar seguir mirando y se habían tapado los ojos.

Capítulo XV

MAGIA MÁS PROFUNDA *DE ANTES* DEL ALBA DE LOS TIEMPOS

Aún estaban las dos niñas acurrucadas entre los matorrales con las manos en la cara cuando oyeron la voz de la Bruja, que ordenaba a gritos:

—¡Vamos! ¡Seguidme todos y zanjaremos lo que queda de esta guerra! No nos llevará mucho tiempo aplastar a la canalla humana y a los traidores ahora que el gran Tonto, el gran Gato, está muerto.

En este momento las niñas se encontraron, durante unos segundos, en gravísimo peligro. Pues con una salvaje gritería y ruido de gaitas y resonar de cuernos estridentes, toda aquella chúsma infame abandonó precipitadamente la cima del monte y se abalanzó ladera abajo, pasando justo al lado de su escondite. Sintieron pasar a los Espectros como un viento frío, y sintieron temblar la tierra debajo de ellas bajo las galopantes pezuñas de los Minotauros; y sobre sus cabezas pasó un turbión de alas inmundas y un negror de buitres y murciélagos gigantes. En cualquier otra ocasión habrían temblado de miedo; pero ahora la tristeza, y la vergüenza, y el horror de la muerte de Aslan llenaban de tal modo sus ánimos que apenas si pensaron en ello.

Tan pronto como el bosque quedó de nuevo

en silencio, Susan y Lucy salieron sigilosas a la despejada cima. La luna se acercaba a su ocaso, y tenues nubes se deslizaban sobre ella, pero aún podían ver la figura yacente del León muerto, preso en sus ataduras. Se arrodillaron ambas en la hierba humedecida y besaron su rostro frío y acariciaron su hermosa melena –lo que de ella quedaba– y lloraron hasta no poder más. Luego se miraron, y se cogieron de la mano para no sentirse tan solas, y volvieron a llorar. Después quedaron de nuevo en silencio. Hasta que por fin Lucy dijo:

– Me horroriza verle con ese bozal. ¿No podríamos quitárselo?

Lo intentaron. Y después de muchos forcejeos (porque tenían los dedos fríos y estaban en lo más oscuro de la noche) lo consiguieron al fin. Y cuando vieron su cara sin él rompieron otra vez a llorar, y le besaron y mimaron, y le limpiaron la sangre y la espuma lo mejor que pudieron. Y era todo más horrendo, y desolado sin esperanza de lo que yo acertaría a describir.

—¿No podríamos desatarle también? —dijo Susan al rato. Pero los enemigos, por pura maldad, habían apretado tanto las cuerdas que a las niñas les fue imposible deshacer los nudos.

Espero que nadie que lea este libro se haya sentido nunca tan desdichado como Susan y Lucy se sentían aquella noche; pero si os ha sucedido, si habéis pasado en vela toda una noche, llorando y llorando hasta no quedaros más lágrimas, sabréis que al fin sobreviene una especie de calma. Sentís como si nada fuera a suceder ya nunca. Eso fue, en todo caso, lo que sintieron las niñas. Horas y horas parecieron transcurrir en aquella quietud absoluta, y apenas se dieron cuenta de que se estaban quedando frías y más frías. Mas por último Lucy observó otras dos cosas. Una era que el cielo, por el lado del este del cerro, estaba un poco menos negro que una hora antes. La otra fue cierto movimiento menudo que andaba por la hierba a sus pies. Al principio no se tomó interés por ello. ¿Qué más daba? ¡Nada importaba ya! Pero al fin advirtió que lo-que-fuera había empezado a trepar por las piedras verticales de la Mesa de Piedra. Y ahora se movía de acá para allá sobre el cuerpo de Aslan. Escudriñó más de cerca. Eran unas cositas grises.

—¡Uf! —exclamó Susan desde el lado opuesto de la Mesa—. ¡Qué barbaridad! Son ratoncillos horribles, todos corriendo por encima de él. ¡Fuera, bichejos! —Y levantó la mano para espantarlos.

—¡Aguarda! —dijo Lucy, que los había estado mirando más atenta todavía—. ¿Es que no ves lo que hacen?

Las dos niñas se inclinaron y miraron sin pestañear.

—Creo... —dijo Susan—. ¡Pero qué cosa más rara! ¡Están mordisqueando las cuerdas!

—Eso me había parecido a mí —dijo Lucy—. Creo que son ratones amigos. Pobrecillos... no se percatan de que está muerto. Creen que servirá de algo desatarle.

Para entonces la noche estaba ya resueltamente más clara. Cada una de las niñas reparó por vez primera en la palidez del rostro de la otra. Veían a los ratones roer y roer; docenas y docenas, centenares de pequeños ratones de campo. Y finalmente, una tras otra, las cuerdas quedaron todas roídas y rotas.

El cielo aparecía ya blanquecino por oriente y habían empezado a desvanecerse las estrellas; todas menos una muy grande suspendida sobre el horizonte oriental. Sentían más frío ahora que en toda la noche. Los ratones se escabullían tan silenciosos como habían llegado.

Las niñas retiraron los restos de las roídas cuerdas. Aslan parecía más él mismo sin ellas. Su rostro sin vida adquiría un aspecto más noble a cada momento, a medida que la luz aumentaba y podían verlo mejor.

En el bosque, a su espalda, un pájaro emitió un trino como una risa ahogada. Había estado tan en silencio durante horas y horas que aquello las sobresaltó. Luego otro pájaro contestó al primero. Pronto cantaron pájaros por todas partes.

Ahora era ya definitivamente la mañana, y no la madrugada.

—Qué frío tengo —dijo Lucy.

—Y yo también —dijo Susan—. Vamos a caminar un poco.

Se llegaron hasta el borde oriental del cerro y miraron hacia abajo. La estrella grande casi había desaparecido. Todo el monte tenía un tinte gris sombrío, pero más allá, en el extremo mismo del mundo, se extendía pálido el mar. El cielo comenzaba a enrojecer. Dieron tantos paseos entre el difunto Aslan y el barranco oriental del cerro, con ánimo de entrar en calor, que no los habrían podido contar. Pero, ¡ay!, qué cansadas sentían las piernas. Por último, se habían parado un momento a mirar en dirección del mar y de Cair Paravel (que ahora alcanzaban ya a distinguir) cuando el rojo se trocó en oro en toda la línea donde se juntaban el mar y el cielo, y muy lentamente asomó el borde del sol. En ese momento oyeron detrás de ellas un estrépito enorme: un chasquido tremendo, ensordecedor, como si un gigante hubiera roto un plato gigantesco.

—¿Qué ha sido eso? —preguntó Lucy, agarrándose al brazo de Susan.

—Tengo... tengo miedo de mirar atrás —dijo Susan—; está sucediendo algo espantoso.

—Le estarán haciendo a *Él* algo peor todavía —dijo Lucy—. ¡Vamos! —Y se volvió, haciendo girar a Susan con ella.

La salida del sol había dado a todo un aspecto tan distinto —todos los colores y sombras estaban cambiados— que por unos momentos no vieron lo importante. Luego pudieron verlo. La Mesa de Piedra aparecía partida en dos por una enorme grieta que la dividía de punta a punta; y Aslan no estaba allí.

—¡Oh, oh, oh! —clamaron las dos niñas, corriendo precipitadamente hacia la Mesa.

—¡Oh, esto es ya el colmo! —sollozó Lucy—, ¡Podían haber dejado en paz el cadáver!

—¿Y quién lo ha hecho? —clamó Susan—. ¿Qué significa? ¿Es más magia?

—¡Sí! —dijo una poderosa voz a sus espaldas—. Es más magia.

Se volvieron. Y allí, esplendoroso en el sol naciente, más grande de lo que nunca antes le vieran, agitando su melena (pues ostensiblemente le había vuelto a crecer), estaba el mismísimo Aslan.

—¡Oh, Aslan! —clamaron a dúo las niñas, mirándole sin pestañear, casi con tanto susto como contento.

—¿No has muerto entonces, querido Aslan? —inquirió Lucy.

—Ya no —dijo Aslan.

—¿No eres... un...? —preguntó Susan con voz temblorosa. No podía decidirse a pronunciar la palabra *espíritu*.

Aslan inclinó su áurea cabeza y lamió la frente a la niña. El calor de su aliento y una especie de fragancia que parecía aureolar su melena la envolvieron.

—¿Lo parezco? —preguntó.

—¡Oh, eres real, eres real! ¡Oh, Aslan! —clamó Lucy, y ambas niñas se arrojaron sobre él y le cubrieron de besos.

—¿Pero qué significa todo esto? —preguntó Susan cuando se hubieron sosegado un poco.

—Significa —dijo Aslan—, que aunque la Bruja conoce la Magia Profunda, hay una magia más profunda todavía que ella desconoce. Su saber se remonta solamente al alba de los tiempos. Pero si hubiera podido ver un poco más atrás, en la quietud y la tiniebla de antes de que el Tiempo alboreara, habría leído allí un encantamiento diferente. Habría sabido que cuando una víctima voluntaria que no hubiera cometido ninguna traición fuera sacrificada en lugar de un traidor, la Mesa se rompería y la propia Muerte daría marcha atrás. Y ahora...

—¡Oh, sí! ¿Ahora? —dijo Lucy, dando saltos y palmoteando.

—Oh, chiquillas —dijo el León—, siento que vuelven a mí las fuerzas. ¡Oh, chiquillas, atrapadme si podéis!

Permaneció erguido un segundo, muy brillantes los ojos, palpitantes los miembros, azotándose con la cola. Luego dio un salto por encima de sus cabezas y fue a caer al otro lado de la Mesa. Riendo, aunque no sabía por qué, Lucy trepó por encima de ella para darle alcance. Aslan volvió a saltar. Se inició una persecución alocada. Las llevó así, dando vueltas y más vueltas por la cima del cerro, tan pronto irremediablemente fuera de su alcance, tan pronto permitiendo casi que le agarraran la cola, ora precipitándose veloz por entre medias de ambas, ora lanzándolas por el aire con sus enormes garras, bellamente aterciopeladas, para recogerlas luego en su caída, o deteniéndose otras veces de modo inesperado de modo que los tres rodaban juntos por el suelo, riendo regocijadamente, en un rebujo de crines, brazos y piernas. Era un retozo como nadie hubiera podido gozar nunca, excepto en Narnia; y Lucy jamás habría sabido decir si se parecía más a jugar con un gatito o a jugar con una tormenta. Y lo gracioso fue que cuando los tres finalmente quedaron tumbados juntos en el suelo, jadeando al sol, las niñas no se sentían ya cansadas en lo más mínimo, ni tenían hambre ni sed.

—Y ahora —dijo Aslan al poco rato—, va-

mos a lo que importa. Me parece que voy a rugir.
Más vale que os tapéis los oídos.

Así lo hicieron. Y Aslan se irguió, y cuando
abrió la boca para rugir su expresión se hizo tan
terrible que no se atrevían a mirarle a la cara. Y
vieron doblarse todos los árboles que se alzaban en-
frente de él, ante el huracán de su rugido, lo mismo
que se dobla la hierba de un prado cuando sopla el
viento. Luego dijo:

—Tenemos que hacer un largo viaje. Debéis
cabalgar sobre mí.

Y dicho esto se agachó, y las niñas se enca-
ramaron a su lomo, cálido y dorado; Susan se acomodó delante, agarrándose con fuerza a su melena,
y Lucy se sentó detrás, el León se levantó y salió a
la carrera, a mayor velocidad de la que el caballo
más raudo podría alcanzar; descendió por la ladera
y se internó en el bosque.

Aquella galopada fue tal vez lo más maravilloso de cuanto les había acontecido en Narnia.
¿Habéis galopado alguna vez a lomos de un caballo? Pensad en ello; y luego quitadle el pesado
estrépito de los cascos y el tintineo de los frenos, e
imaginad en cambio el pisar casi totalmente inso-
noro de las grandes zarpas. Luego figuraos, en
lugar del lomo del caballo, negro, gris o castaño, la
muelle rudeza del pelaje dorado, y la melena ondeando en el viento. E imaginaos aún que vais a
una velocidad lo menos el doble que la del más
rápido caballo de carreras. Pero además es una
montura a la que no hay que guiar y que jamás se
cansa. Avanza y avanza con ímpetu formidable, sin
fallar una sola vez la pisada, sin vacilar nunca, trazando su camino con perfecta habilidad entre los
troncos de los árboles, saltando sobre los arbustos,
y riachuelos, y eglantinas rojas, vadeando las corrientes más anchas, nadando en las más caudalo-
sas. Y cabalgáis no por una pista ni por un parque,
ni siquiera por lomas y collados campestres, sino a
través de Narnia, en primavera, por majestuosos

hayedos, y soleados oquedales entre encinas, cruzando huertos de cerezo silvestre vestido de flor blanca, dejando atrás rugientes cataratas, y musgosas peñas, y cavernas resonantes de ecos, y subiendo por ventosas laderas llameantes de hiniestas floridas, y atravesando altos recuestos de montañas cubiertos de brezos, y descendiendo por vertiginosos barrancos, abajo, abajo, otra vez abajo, a correr por hermosos valles agrestes y salir a campiñas de flores azules.

Era casi mediodía cuando se encontraron al borde de una abrupta ladera, mirando un castillo que se alzaba allá abajo —desde donde ellos estaban era como un castillito de juguete— y que parecía ser todo torres puntiagudas. Pero ya el León se precipitaba hacia el valle a tal velocidad que aquel castillo iba haciéndose por momentos más y más grande, y antes de tener tiempo de preguntarse lo que era se encontraban abajo, ras al ras con él. Y entonces no parecía ya un castillo de juguete, sino que se erguía ante ellos torvo y amenazador. Por entre almenas y troneras no asomaba ni un solo rostro, y las puertas estaban herméticamente cerradas. A lo cual Aslan, sin aminorar un ápice el ímpetu de su marcha, se abalanzó derecho como una bala hacia él.

—¡La residencia de la Bruja! —clamó—. ¡Ahora, chiquillas, agarraos fuerte!

Y en el momento inmediato, el mundo entero pareció volverse del revés, y las niñas sintieron como si se hubiesen dejado atrás las entrañas. Porque el León, tras recogerse y cobrar impulso, había dado un brinco mayor que ninguno de los vistos hasta entonces, saltando —o casi podríamos decir volando— directamente por encima de la muralla del castillo. Las dos niñas, sin aliento pero sin sufrir daño alguno, salieron despedidas de su lomo y se hallaron rodando por medio de un espacioso patio de piedra lleno de estatuas.

Capítulo XVI

DE LO QUE SUCEDIÓ CON LAS ESTATUAS

—¡Qué cosa tan extraordinaria! —exclamó Lucy—. ¡Todos esos animales de piedra... y gente también! Es... es como un museo.

—Chitón —dijo Susan—, Aslan está haciendo algo.

Era cierto. Se había acercado de un salto al león de piedra y le había echado un soplo de aliento. Luego, sin esperar un instante, giró en redondo —casi como si hubiera sido un gato persiguiéndose la cola— y alentó también sobre el enano de piedra, el cual (como recordaréis) se encontraba a pocos pasos del león, dándole la espalda. Después brincó hacia una alta dríada de piedra que se erguía más allá del enano, se volvió rápidamente a un lado para ocuparse de un conejo de piedra que tenía a su derecha, y corrió luego hacia dos centauros. Pero en ese momento Lucy avisó:

—¡Oh, Susan! ¡Mira! Mira el león...

Supongo que alguna vez habréis visto arrimar una cerilla encendida a un trozo de periódico entremetido en una rejilla de chimenea contra una pila de leña sin prender. Por un segundo no parece que haya sucedido nada, pero luego advertís un reguerito de llama que se desliza por el borde del periódico. Así acontecía ahora. Por espacio de un segundo después de haber soplado Aslan sobre él, el león de piedra pareció seguir exactamente igual. Luego un reguerito de oro empezó a correr por su lomo de mármol blanco... a continuación se extendió... luego el color pareció lamerlo todo sobre él, lo mismo que la llama lo lame todo sobre un trozo de periódico... y entonces, mientras sus cuartos traseros eran aún ostensiblemente piedra, el león se sacudió la melena, y todos los pliegues, pesados y pétreos, ondearon y se transformaron en pelo lleno de vida. Luego abrió una enorme boca colorada, cálida y viviente, y soltó un prodigioso bostezo. Y a poco sus cuatro patas eran ya miembros vivos. Levantó una de ellas y se rascó. Después, descubierto que hubo la presencia de Aslan, se fue brincando tras él y retozando a su alrededor, sollozando de placer y dando saltos para lamerle la cara.

Naturalmente los ojos de las niñas giraron para seguir al león; pero el espectáculo que vieron era tan portentoso que pronto se olvidaron de *él*. Por todas partes volvían las estatuas a la vida. El patio no tenía ya el aspecto de un museo; era más semejante a un parque zoológico. Seres y más seres corrían en pos de Aslan y danzaban a su alrededor hasta que vino a quedar casi oculto entre la muchedumbre. En vez de todo aquel blanco de muerte, el patio era ahora un deslumbramiento de colores; flancos de centauros de un lustroso tono castaño, cuernos añil de unicornios, cegadores plumajes de aves, pardo rojizo de zorros, perros y sátiros, calzas amarillas y caperuzas carmesí de los enanos; y las ninfas de abedul todas de plata, y las de haya de verde fresco y transparente, y las de alerce de un verde tan brillante que era casi amarillo. Y en vez de silencio mortal, todo el lugar vibraba ahora con el son de felices rugidos, rebuznos, gañidos, ladridos, baladros, arrullos, relinchos, pataleos, gritos, hurras, cantos y risa.

—¡Ooooh! —exclamó Susan con un tono

diferente—. ¡Mira! Y digo yo... vamos... ¿no habrá peligro?

Miró Lucy y vio que Aslan acababa de soplar sobre los pies del gigante de piedra.

—¡No hay cuidado! —gritó Aslan con alborozo—. Una vez que los pies estén bien, todo lo demás de él seguirá.

—No era eso exactamente lo que quería decir —susurró Susan al oído de Lucy. Pero ya era demasiado tarde para hacer nada, aun cuando Aslan la hubiese atendido. El cambio se encaramaba ya por las piernas del Gigante arriba. Ahora movía los pies. Un momento después levantó el grueso garrote que llevaba al hombro, se restregó los ojos y dijo:

—¡Válgame! Debo de haberme dormido. ¡Eh! ¿Dónde está esa pequeña Bruja maldita que andaba correteando por el suelo? Era por aquí, junto a mis pies.

Pero cuando todos le hubieron gritado explicándole a voces lo que realmente había sucedido y tras haberse llevado el Gigante la mano a la oreja haciéndoselo repetir una y otra vez de tal suerte que al fin entendió, entonces hizo una reverencia hasta situar la cabeza a no más altura que el copete de un montón de heno y se quitó repetidamente el gorro ante Aslan, exultante de gozo todo su feo y honrado rostro (los gigantes de toda laya son hoy tan raros en el mundo, y escasean tanto los de buen temple, que apostaría diez contra uno a que nunca habéis visto un gigante con la cara radiante de satisfacción. Es algo que vale bien la pena contemplar).

—¡Ahora vamos a mirar en toda la casa! —gritó Aslan—. ¡A moverse todo el mundo! ¡En los torreones, y en los sótanos, y en los aposentos de la dama! Que no quede un solo rincón sin registrar. Nunca se sabe dónde puede estar escondido un pobre preso.

Conque allá se precipitaron todos al interior del castillo, y durante varios minutos aquella lóbrega, horrenda, vetusta y mohosa fortaleza resonó con los ecos de las ventanas que se abrían y las voces de todos gritando al mismo tiempo: «No olvidar los calabozos... ¡Echadnos una mano en esta puerta...! Aquí hay otra escalerita de caracol... ¡Oh! Mirad. Aquí hay un pobre canguro. Llamad a Aslan... ¡Fu! Qué peste hay aquí dentro... Cuidado con los escotillones... ¡Venid aquí arriba! ¡Hay unos cuantos más en el rellano!». Pero lo mejor de todo fue cuando Lucy subió a la carrera, gritando:

—¡Aslan! ¡Aslan! He encontrado al señor Tumnus. Por favor, ven enseguida.

Y un momento después Lucy y el pequeño Fauno saltaban de alegría cogidos de ambas manos, dando vueltas y vueltas y más vueltas. El amiguito no había sufrido menoscabo alguno por haber sido estatua y, naturalmente, estaba interesadísimo en todo cuanto ella tenía que contarle.

Pero al cabo, la exploración de la fortaleza de la Bruja concluyó. El castillo entero erguíase desierto con todas las puertas y ventanas de par en par, y la luz y la brisa de la primavera entraban a raudales en aquellos recintos oscuros y siniestros que tanto lo necesitaban. La entera muchedumbre de estatuas liberadas volvió a salir tumultuosamente al patio. Y fue entonces cuando alguien (Tumnus, creo) se anticipó a decir:

—¿Pero cómo vamos a salir de aquí?

Pues Aslan había entrado saltando sobre la muralla, y los grandes portones de acceso continuaban cerrados a piedra y lodo.

—Eso tiene solución —dijo Aslan; y acto seguido, irguiéndose sobre sus patas traseras, dio una voz al Gigante—. ¡Eh! Aquel de allí —rugió—. ¿Cómo te llamas?

—Gigante Rumbelbufino, con la venia de vuestra majestad —dijo el Gigante, quitándose una vez más el gorro.

—Pues bien, Gigante Rumbelbufino —dijo Aslan—, sácanos de aquí, ¿quieres?

—Desde luego que sí, majestad. Será un placer —dijo el Gigante Rumbelbufino—. Apartaos bien de las puertas todos vosotros, pequeñajos. —Y dicho esto se llegó de dos trancos hasta el portalón y ¡zas! ¡zas! ¡zas!, se puso a descargar su tremendo garrote. Al primer golpe las puertas se resquebrajaron, al segundo se partieron, y al tercero cayeron hechas trizas. Luego la emprendió con las torres que se alzaban a ambos lados del portalón, y a los pocos minutos de arrear y sacudir con sordo estrépito, las dos torres y buena parte de la muralla de cada lado se venían abajo con fragor de trueno en un alud de míseros escombros. Y cuando el polvo se disipó fue una experiencia singular la de encontrarse allí, en aquel patio de piedra reseco y torvo, viendo por la recién abierta brecha toda la hierba y ondulantes árboles y rutilantes arroyos del bosque, y las lomas azules allá al fondo, y más allá todavía el cielo.

—¡Vaya, si estoy sudando a mares! —exclamó el Gigante, resoplando como la mayor locomotora del mundo—. Esto pasa por no estar en forma. ¿Supongo que ninguna de vosotras, señoritas, llevará encima algo así como un pañuelo?

—Sí, yo tengo —dijo Lucy, poniéndose de puntillas y sosteniendo su pañuelo a la mayor altura a que podía alcanzar.

—Gracias, jovencita —dijo el Gigante Rumbelbufino, agachándose.

Y casi en el mismo instante se llevó Lucy un susto morrocotudo al verse levantada por los aires entre el pulgar y el índice del Gigante. Pero al llegar más cerca de su rostro fue el propio Rumbelbufino el que se sorprendió de pronto, y acto seguido volvió a depositarla con suavidad en el suelo, murmurando:

—¡Válgame! He cogido a la niña en lugar de... Perdón, jovencita, te lo ruego, ¡creía que eras tú el pañuelo!

—No, no —dijo Lucy, riendo—, ¡aquí está!

—Esta vez consiguió asirlo, pero para él sólo era del tamaño que sería para vosotros una tableta de sacarina, de suerte que cuando Lucy le vio frotarse con él solemnemente la enorme cara colorada, dijo—: Temo que no le sirva de gran cosa, señor Rumbelbufino.

—Nada de eso, nada de eso —dijo el Gigante cortésmente—. No había tenido nunca un pañuelo más bonito. Tan fino, tan manejable. Tan... no sé cómo describirlo.

—¡Qué gigante tan simpático! —dijo Lucy al señor Tumnus.

—Oh, sí —respondió el Fauno—. Todos los Bufinos lo fueron siempre. Una de las más respetadas de todas las familias de gigantes de Narnia. No muy inteligentes, acaso (nunca he conocido a ningún gigante que lo fuera), pero una familia de vieja estirpe. Con tradiciones, ya sabes. Si hubiera sido al contrario, la Bruja no le habría convertido en piedra.

En este punto Aslan dio unas palmadas y pidió silencio.

—Nuestra jornada de trabajo no ha terminado todavía —dijo—, y si la Bruja ha de quedar definitivamente derrotada antes de la hora de acostar tenemos que encontrar enseguida el lugar donde se libra la batalla.

—¡Y entrar en ella, espero, señor! —añadió el mayor de los Centauros.

—Naturalmente —dijo Aslan—. ¡Y ya mismo! Los que no puedan seguirnos, o sea niños, enanos y animales pequeños, que monten a lomos de los que pueden, o sea leones, centauros, unicornios, caballos, gigantes y águilas. Los dotados de buena nariz que vengan delante con nosotros, los leones, para descubrir por el olfato dónde se está peleando la batalla. Andad listos y colocaos en el orden conveniente.

Y con mucho bullicio y animación así lo hicieron. El más contento de la tropa era el otro león, que no hacía más que corretear por todas partes fingiéndose muy atareado, pero en realidad para decir a todo el mundo con quien se encontraba: «¿Has oído lo que ha dicho? *Nosotros los Leones.* Con eso se refiere a él y a mí. *Nosotros los Leones.* Eso es lo que me gusta de Aslan. Nada de discriminación ni hacerse a un lado. *Nosotros los Leones.* Con eso se refiere a él y a mí.» Y siguió repitiéndolo por lo menos hasta que Aslan le hubo cargado con tres enanos, una Dríada, dos conejos y un erizo. Eso lo moderó un poco.

Cuando todos estuvieron dispuestos y a punto (en realidad fue un corpulento perro pastor el que más ayudó a Aslan a colocarlos en orden correcto) se pusieron en marcha y salieron por la brecha abierta en la muralla del castillo. Al principio, leones y perros avanzaban olfateando en todas direcciones. Pero luego de pronto un poderoso grandón cogió la pista y dio un ladrido. No había tiempo que perder. Pronto todos los perros y leones y lobos y otros animales cazadores avanzaban a toda velocidad con las narices pegadas al suelo, y todos los demás, en una hilera que se alargaba lo menos media milla tras ellos, seguían lo más rápi-

damente que podían. El ruido era como en una cacería de zorros a la inglesa, sólo que mejor, porque de vez en cuando con la música de la jauría se mezclaba el rugido del otro león, y algunas veces el rugir mucho más profundo y más terrible del propio Aslan. Iban más y más raudos a medida que el rastro se hacía más y más fácil de seguir. Y entonces, justamente al llegar a la última curva de un valle angosto y serpenteante, Lucy alcanzó a oír otro ruido por encima de todos aquellos ruidos: un ruido distinto, que le infundió un raro e inquietante sentimiento. Era un rumor de gritos y alaridos, un estruendo de metal contra metal.

Luego salieron del estrecho valle, y al instante vio la causa. Allí estaban Peter y Edmund y todo el resto del ejército de Aslan combatiendo desesperadamente contra la multitud de horribles criaturas que había visto la pasada noche; sólo que ahora, a la luz del día, tenían una traza todavía más estrambótica, y siniestra, y deforme. Y también parecía que eran muchos más. El ejército de Peter —que se hallaba de espaldas a ella— parecía terriblemente exiguo. Y había estatuas esparcidas por todo el campo de batalla, muestra evidente de que

la Bruja había hecho uso de su vara. Pero no parecía servirse de ella ahora. Estaba combatiendo con su cuchillo de piedra. Era con Peter con quien peleaba: tan empeñados ambos en la lucha que Lucy apenas acertaba a distinguir lo que sucedía; sólo podía ver el cuchillo de piedra y la espada de Peter centelleando con tal celeridad que daban la impresión de ser tres: tres cuchillos y tres espadas. Hallábanse en el centro de la batalla, y a un lado y a otro se extendía la línea del frente. Dondequiera que Lucy mirara estaban sucediendo cosas horribles.

—Fuera de mi lomo, chiquillas —gritó Aslan. Y cayeron las dos en una voltereta. Luego, con un rugido que hizo estremecerse a toda Narnia, desde la farola del lado occidental a las orillas del mar de Oriente, el poderoso animal se abalanzó sobre la Bruja Blanca. Lucy vio alzarse el rostro de la Bruja hacia él. Por espacio de un breve segundo, con una expresión de terror y estupefacción. Luego León y Bruja rodaron juntos por el suelo, pero con la Bruja debajo. Y en el mismo instante, todas las marciales criaturas que había guiado Aslan desde la casa de la Bruja se precipitaron turbulentamente sobre las líneas enemigas: gnomos con sus hachas de guerra, perros con sus dientes y colmillos, el Gigante con su garrote (y sus pies también aplastaban a docenas de adversarios), unicornios con sus cuernos, centauros con espadas y pezuñas. Y el fatigado ejército de Peter aclamó a los recién llegados, y ellos rugieron arrolladores y el enemigo chilló y se desgañitó en una algarabía tremenda hasta que el bosque entero vibró con los ecos de aquella estrepitosa embestida.

Capítulo XVII

LA CAZA DEL CIERVO BLANCO

La batalla terminó por completo a los pocos minutos de su llegada. La mayor parte del enemigo había perecido en el primer ataque de Aslan y los suyos; y cuando los que aún vivían vieron que la Bruja había muerto, desistieron de la pelea o se dieron a la fuga. Después, lo primero que advirtió Lucy fue que Peter y Aslan estaban estrechándose la mano. Le resultaba extraño ver a Peter con el aspecto que ahora tenía: tan pálido y severo el rostro que parecía mucho mayor.

—Ha sido todo obra de Edmund, Aslan —decía Peter—. De no haber sido por él nos habrían derrotado. La Bruja estaba convirtiendo a nuestras tropas en piedra a diestro y siniestro. Pero nada pudo detenerle. Se abrió paso peleando a través de tres ogros hasta donde ella, en ese instante, transformaba en estatua a uno de tus leopardos. Y cuando llegó a su lado, tuvo el acierto de descargar el tajo de la espada sobre su vara, en vez de lanzarse derecho contra ella y hacerse convertir en estatua sin más, por sus pecados. Ese era el error que cometían todos los demás. Una vez rota su vara empezamos a tener alguna posibilidad... ¡si no hubiésemos perdido ya a tantos! Resultó terriblemente herido. Debemos ir a verle.

Encontraron a Edmund a cargo de la señora Castor un poco a retaguardia de la línea de combate. Estaba cubierto de sangre, tenía la boca abierta y la cara de un feo color verdoso.

—Pronto, Lucy —dijo Aslan.

Y entonces, casi por vez primera, recordó Lucy el precioso cordial que había recibido como regalo de Navidad. Le temblaban tanto las manos que se vio y se deseó para quitar el tapón, pero lo consiguió al fin y vertió unas pocas gotas en la boca de su hermano.

—Hay otros heridos —dijo Aslan mientras ella seguía mirando con ansiedad el pálido rostro de Edmund y preguntándose si haría algún efecto el cordial.

—Sí, lo sé —dijo Lucy contrariada—. Aguarda un minuto.

—Hija de Eva —dijo Aslan con voz más severa—, otros están también al borde de la muerte. ¿Debe morir *más* gente por Edmund?

—Lo siento, Aslan —dijo Lucy, incorporándose y yéndose con él.

Y durante la media hora siguiente no pararon ninguno de los dos: ella auxiliando a los heridos mientras él devolvía a la vida a los que habían sido transformados en piedra. Cuando por último se vio libre y pudo volver con Edmund se lo encontró de pie y no sólo curado de sus heridas, sino con mejor cara de lo que le había visto... bueno, hacía siglos; en realidad desde su primer curso en aquella escuela espantosa que era donde había empezado a torcerse. Había vuelto a ser el que realmente era y podía mirarle a uno a la cara. Y allí mismo, en el campo de batalla, Aslan le hizo caballero.

—¿Sabe Edmund —dijo Lucy a Susan al oído— lo que Aslan hizo por él? ¿Sabe en qué consistió realmente el arreglo con la Bruja?

—¡Calla! No. Por supuesto que no —dijo Susan.

—¿No habría que decírselo? —preguntó Lucy.

—Oh, de ninguna manera —dijo Susan—. Sería demasiado terrible para él. Piensa cómo te sentirías si estuvieses en su lugar.

—De todos modos, creo que debería saberlo —afirmó Lucy. Pero en ese momento las interrumpieron.

Esa noche durmieron donde se encontraban. Cómo pudo Aslan aportar provisiones para todos ellos, no lo sé; mas como quiera que fuese, el caso es que se hallaron todos sentados en la hierba ante una espléndida merienda-cena, a eso de las ocho de la tarde. Al día siguiente emprendieron la marcha

hacia el este bajando por la orilla del río grande. Y al otro día, sobre la hora de merendar, llegaban a la desembocadura. Sobre sus cabezas, enhiesto en su montículo, se alzaba imponente el castillo de Cair Paravel; delante se extendían las arenas, con arrecifes y pequeñas charcas de agua salada, y algas, y el olor del mar, y muchas millas de ondulantes aguas verdeazuladas que rompían en la playa por los siglos de los siglos. ¡Ah, y el chillar de las gaviotas! ¿Lo habéis oído? ¿Lo recordáis?

Aquella tarde, después de la merienda, los cuatro niños se las arreglaron para volver a bajar a la playa y quitarse zapatos y calcetines, y sentir la arena entre los dedos de los pies. Pero el día siguiente fue más solemne. Pues entonces, en el Salón Magno de Cair Paravel, ese salón admirable con artesonado de marfil, y la pared del oeste tapizada de plumas de pavo real, y la puerta de oriente que mira al océano, en presencia de todos sus amigos y al son de las trompetas, Aslan los coronó solemnemente y los condujo a los cuatro tronos entre gritos ensordecedores de «¡Viva el Rey Peter! ¡Viva la Reina Susan! ¡Viva el Rey Edmund! ¡Viva la Reina Lucy!».

—Una vez que se es rey o reina en Narnia, se es rey o reina en todo y para siempre. ¡Que sea para bien, Hijos de Adán! ¡Que sea para bien, Hijas de Eva!

Y por la puerta de oriente, que estaba abierta de par en par, llegaron las voces de los tritones y las sirenas que nadaban cerca de la orilla y cantaban en honor de sus nuevos Reyes y Reinas.

Así pues, los niños sentáronse en sus tronos, y les pusieron cetros en las manos, y otorgaron recompensas y honores a todos sus amigos, a Tumnus el Fauno, y a los Castores, y al Gigante Rumbelbufino, a los leopardos, y a los centauros buenos, y a los gnomos leales, y al león. Y esa noche se celebró en Cair Paravel un fastuoso banquete, con diversiones y danzas, y relumbró el oro, y corrió el vino, y en respuesta a la música de dentro, aunque más exótica, más dulce y más penetrante, llegó la música de los hijos del mar.

Pero en medio de todo aquel solaz y regocijo, Aslan calladamente se escabulló y desapareció. Y cuando los Reyes y las Reinas notaron que no estaba, no hicieron ningún comentario. Pues el señor Castor les había prevenido. «Vendrá y se marchará», había dicho. «Un día le veréis y al otro no. No le gusta permanecer atado... y, por supuesto, tiene otros países que atender. Es perfectamente normal. Aparecerá por aquí a menudo. Pero no debéis apremiarle. Es fiero, lo sabéis. No como un león *domesticado*.»

Y ahora, como veis, esta historia se acerca (pero no del todo) a su final. Estos dos Reyes y dos Reinas gobernaron Narnia bien y por mucho tiempo, y su reinado fue feliz. Al principio, buena parte de sus días los dedicaron a buscar los restos del ejército de la Bruja Blanca y destruirlos, pues, a decir verdad, durante tiempo aún fue corriente recibir noticia de males que acechaban en los rincones más agrestes y apartados del bosque: una aparición aquí y un asesinato allí, la visión fugaz de un licántropo este mes y el rumor de haber visto rondar a una tarasca al mes siguiente. Pero al final toda aquella ralea inmunda fue exterminada. Y promulgaron buenas leyes, y mantuvieron la paz, y libraron a los árboles buenos de ser innecesariamente talados, y redimieron a los gnomos y sátiros pequeñines de ser enviados a la escuela, y en general pararon los pies a entrometidos y buscavidas y favorecieron a las gentes sencillas que deseaban vivir y dejar vivir. Y tuvieron a raya a los gigantes bárbaros (raza muy distinta a la del Gigante Rumbelbufino) del norte de Narnia, donde se aventuraban a veces a cruzar la frontera. Y entablaron amistad y alianzas con países de ultramar, y ellos se las devolvieron puntual y cumplidamente. Y con el paso de los años, aquellos Reyes y Reinas crecieron y cambiaron. Peter se convirtió en un varón alto y ancho de pecho y en un formidable guerrero, y mereció ser llamado Rey Peter el Magnífico. Y Susan se hizo una mujer alta y elegente con cabellera negra que le caía casi hasta los pies, y los reyes de los países de ultramar empezaron a enviar embajadores pidiendo su mano en matrimonio. Y la llamaban Susan la Gentil. Edmund era un hombre

más severo y circunspecto que Peter, y eminente en
el consejo y en el juicio. Se le llamó Rey Edmund el
Justo. Y en cuanto a Lucy, pues siguió siendo
siempre jovial con su cabello rubio, y todos los
príncipes de aquellas tierras la querían para hacerla
su Reina, y su propio pueblo la llamaba Reina
Lucy la Valerosa.

Vivían así con gran gozo y deleite y si alguna
vez recordaban su vida en este mundo era sólo
como se recuerda un sueño. Y un año aconteció que
Tumnus (que a la sazón era un fauno de edad

mediana que comenzaba a engrosar corporalmente)
bajó por el río y les trajo noticia de que había
vuelto a aparecer el Ciervo Blanco por donde él
vivía: el Ciervo Blanco, que le satisfaría a uno todos
los deseos si lo capturaba. Conque aquellos dos
Reyes y dos Reinas, con los miembros principales
de su corte, emprendieron una cacería a caballo,
con trompas de caza y traíllas de sabuesos, y se
internaron por los bosques de Occidente en persecución del Ciervo Blanco. Y no llevaban mucho
tiempo de rastreo cuando descubrieron su presencia. Entonces la pieza les hizo correr tras ella a un
paso endiablado, por parajes abruptos y llanos, y a

través de espesuras y calveros, hasta que los caballos de todos los cortesanos se rindieron de fatiga, y aquellos cuatro aún seguían la caza. Y vieron meterse al ciervo entre unos árboles muy tupidos adonde sus caballos no podían entrar. Entonces dijo el Rey Peter (pues ahora hablaban en un estilo muy diferente, al cabo de tantos años de ser Reyes y Reinas):

—Dignísimos consortes, apeémonos ahora de nuestros caballos y sigamos a este animal por la espesura, porque en los días de mi vida he perseguido una presa más noble.

—Señor —dijeron los otros—, noble y todo, démosle caza.

Conque se apearon y ataron los caballos a unos árboles y se internaron a pie por el espeso boscaje. Y no más hubieron entrado en él cuando la Reina Susan dijo:

—Dilectos amigos, he aquí una inmensa maravilla, pues me parece que estoy viendo un árbol de hierro.

—Madama —dijo el Rey Edmund—, si lo miráis bien veréis que se trata de un poste metálico con un farol acoplado encima.

—¡Por la Melena del León, sí que es una ocurrencia extraña —dijo el Rey Peter— poner un farol aquí donde los árboles crecen tan apretados a su alrededor y tan frondosos por encima que si estuviera encendido no alumbraría a nadie!

—Señor —dijo la Reina Lucy—, con toda probabilidad cuando pusieron aquí este poste y este farol habrían en el lugar unos árboles más pequeños, o menos árboles, o ninguno. Porque este es un bosque joven, y el farol es viejo. —Y se quedaron allí parados, examinándolo. Luego dijo el Rey Edmund:

—Yo no sé bien por qué, pero este poste con su farol me infunde un sentimiento raro. Me ronda por la cabeza la idea de que ya he visto antes una cosa así; como si hubiera sido en un sueño, o en el sueño de un sueño.

—Señor —respondieron todos ellos—, a nosotros nos ocurre algo parecido.

—Y aún más —dijo la Reina Lucy—, porque no puedo quitarme de la cabeza que si pasamos más allá de este poste y este farol, o bien encontraremos extrañas aventuras, o sobrevendrá en nuestras fortunas un cambio muy grande.

—Madama —dijo el Rey Edmund—, el mismo presentimiento bulle también en mi corazón.

—Y en el mío, dilecto hermano —dijo el Rey Peter.

—Y en el mío también —dijo la Reina Susan—. Por lo que mi consejo es que volvamos en buena hora a nuestros caballos y renunciemos a seguir a este Ciervo Blanco ni un momento más.

—Madama —dijo el Rey Peter—, sobre ese particular os ruego que me excuséis. Pues jamás, desde que los cuatro somos Reyes y Reinas en Narnia, hemos puesto las manos en ningún asunto de elevado rango, como batallas, investigaciones, hechos de armas, actos de justicia y otros por el estilo, que hayamos luego abandonado, sino que siempre lo que hemos emprendido lo hemos llevado a buen fin.

—Hermana —dijo la Reina Lucy—, mi regio hermano habla con razón. Y soy de opinión que deberíamos avergonzarnos si por cualquier temor o presentimiento desistiéramos de perseguir a un animal tan noble como el que ahora estamos dando caza.

—Lo mismo digo yo —concluyó el Rey Edmund—. Y es tan grande mi deseo de averiguar la significación de este asunto que no desistiría de buen grado ni por la joya más valiosa de toda Narnia y todas las islas.

—Entonces, en el nombre de Aslan —dijo la Reina Susan—, si vos lo queréis todos así, sigamos y acometamos la aventura que se nos presente.

De este modo, aquellos Reyes y Reinas se internaron en lo espeso del bosque y antes de haber dado una veintena de pasos por él recordaron todos que la cosa que habían visto se llamaba una farola, y antes de haber avanzado veinte pasos más, notaron que se abrían camino no entre ramajes sino entre abrigos. Y al momento siguiente todos ellos salían a trompicones por la puerta de un armario a una habitación vacía, y no eran ya Reyes ni Reinas con su atuendo de caza, sino simplemente Peter, Susan, Edmund y Lucy con sus viejas ropas. Era el

mismo día y la misma hora del día en que habían entrado los cuatro en el armario para esconderse. La señora Macready y los visitantes estaban todavía charlando en el pasillo; pero afortunadamente no llegaron a entrar en la habitación vacía y así los niños no fueron sorprendidos en falta.

Y ése habría sido el verdadero final de la historia si no se les hubiera ocurrido que, en realidad, estaban obligados a explicar al Profesor la razón de que faltasen cuatro abrigos de su armario. Y el Profesor, que era un hombre muy notable, no les dijo que no fueran bobos o que no contasen mentiras, sino que se creyó todo el relato.

—No —dijo—, no creo que sirva de nada querer volver por la puerta del armario a buscar los abrigos. No llegaréis a Narnia otra vez por *esa* ruta. ¡Ni los abrigos serían de mucha utilidad ya si lo hicierais! ¿Eh? ¿Qué pasa? Sí, claro, volveréis a Narnia algún día. Una vez que se es Rey en Narnia, se es Rey de Narnia para siempre. Pero no intentéis utilizar dos veces el mismo camino. A decir verdad, no intentéis ir allí de ninguna manera. Sucederá cuando no lo pretendáis ni lo busquéis. Y no habléis demasiado de ello, ni siquiera entre vosotros mismos. Y no se lo mencionéis a otros, a no ser que sepáis que han tenido aventuras de la misma clase ellos mismos. ¿Que cómo lo sabréis? Oh, lo sabréis muy bien. Cosas raras que dicen... incluso sus aspectos... revelarán el secreto. Mantened los ojos bien abiertos. Dios me valga, ¿qué les enseñan en esas escuelas?

Y este es el auténtico final de las aventuras del armario. Pero si el Profesor estaba en lo cierto, era sólo el comienzo de las aventuras de Narnia.